Prinzessin, wir machen die Fliege

Helmut Sakowski

Prinzessin, wir machen die Fliege

Thienemann

Sakowski, Helmut:
Prinzessin, wir machen die Fliege / Helmut Sakowski. –
Stuttgart; Wien: Thienemann, 1993
ISBN 3 522 16853 4

Umschlaggestaltung: Regina Kehn
Schrift: Sabon
Satz: KCS GmbH in Buchholz/Hamburg
Reproduktion: Reproteam Siefert in Ulm
Druck und Bindung: Friedrich Pustet in Regensburg

5 4 3 95 96 97

1

Ich bin Raoul Habenicht, fast dreizehn Jahre alt, ein ziemlich cooler Typ mit Igelschnitt und Nickelbrille. Ich hatte schon eine Menge Probleme, aber dann habe ich das Mädchen gesehen und erst recht in der Klemme gesessen.

Sie stand auf dem Markt in der Oststadt herum, an einer Obst- und Gemüsebude, und guckte nach, ob die Orangen faulige Stellen hatten, dann müssen sie, glaube ich, auf die andere Seite gedreht werden. Plötzlich guckte sie auf mich, und ihre Augen funkelten. Da war mir, als kriegte ich eins gewischt, einen elektrischen Schlag oder so. Mir wurde komisch im Bauch, und Herzklopfen hatte ich auch. Mein Freund, der Oberkater Munzo, konnte grünliche Laserstrahlen aus den Augen schleudern, sobald es dunkel wurde. Das Mädchen hatte das am hellichten Tage drauf. Ich war wie verzaubert und schaute erst mal an mir herunter, ob ich vielleicht verwandelt wäre, in eine häßliche Kröte oder so was. Nein, ich stand noch auf zwei Menschenbeinen in speckigen Jeansröhren, aber ich konnte nicht anders, es zog mich zu ihr hin, und ich mußte mich in die Brust werfen wie ein Kraftsportler, wenn er die gewaltigen Muskelpakete spannt. Es war wie ein Zwang. Dann habe ich gegrinst und so lange mit den Kiefern gemalmt, bis ich wußte, wohin mit dem Kaugummi, und dann habe ich sie angequatscht: »Eh!«

Keine Antwort.

Da habe ich gefragt: »Kommst du mit zum Baden?«

Es war ja kurz vor den Sommerferien, unheimlich warm, über dreißig Grad in der Sonne oder so. Und es ist ein ganzes Stück zu fahren, ehe man ans Wasser kommt.

Ich hätte das Mädchen vor mich aufs Fahrrad gesetzt, langsam in die Pedale gelatscht, die eiern ein bißchen, ich hätte die Knie weit gespreizt, damit ich ihr beim Radeln nicht zu nahe trete, ich hätte sie den Jungen in der Oststadt vorgezeigt, aber leider hat sie den Mund nicht aufgemacht, sondern nur von einem Ohr bis zum anderen gelächelt. Sie sah sehr besonders aus, und ich hab sofort gewußt, die gehört nicht hierher, die dürfte eigentlich gar nicht auf einem Markt herumstehen, vor einer schäbigen Gemüsebude, sondern höchstens auf einem Basar, wo sie Sachen aus Gold verkaufen, Ringe, klirrende Armbänder und durchsichtige Schleier. Ich dachte, das ist vielleicht eine Prinzessin aus dem Morgenland. Wer hat denn sonst solche Funkelaugen und eine Haut, wie Leute, die vierzehn Tage auf den Kanarischen Inseln im Urlaub waren, und Haare, schwarz wie Ebenholz, die sich bis auf die Schultern kringeln?

Leider konnte sie nicht sprechen, vielleicht war sie stumm. Aber wenn ich sie angrinste, dann grinste sie so unheimlich lieb zurück, daß mir nicht nur im Bauch heiß wurde, sondern auch an den Ohren. Ich konnte fühlen, daß sie glühten, bestimmt sah ich aus, als hätte mir jemand ein paar gewaltige Feuerbohnen an den Kopf geklebt. Es war mir peinlich. Am liebsten hätte ich mich fortgemacht, aber ich konnte nicht, es war wie verhext. Ich stand da wie festgenagelt, mit leuchtenden Ohren, und mußte immer heftiger grinsen und an meinem Kaugummi katschen. Und dann ist es passiert.

Das Mädchen suchte herum, bis es die größte Orange in der Kiste gefunden hatte. Sie sah wie eine goldene Kugel aus. Die warf sie mir zu. Ich knickte ein wie der Torhüter von Hansa Rostock, um das runde Ding zu fangen und wollte gerade »Danke!« schreien, da trat ein Mann hinter der Bude hervor und blickte finster. Sein Hemd war bis zum Gürtel aufgeschlitzt, er hatte schwarze Haare auf Brust und Bauch und trug einen lang herunterhängenden Lippenstrippenbart. Man konnte sehen, daß der Mann wütend war. Er packte das Mädchen, riß es grob zu sich herum und schlug ihm mit der Hand rechts und links ins Gesicht. Dann stieß er es ins Innere der schäbigen Gemüsebude.

Es ging mir durch und durch, mein Gesicht brannte, als hätte ich die Ohrfeige gefangen. Ich überlegte, ob ich die Muskeln spannen und dem bösen Mann die Faust unters Kinn halten sollte. Da winkte er mit dem gekrümmten Zeigefinger. Wahrscheinlich sollte ich das verschenkte Obst zurückgeben. Ich dachte, der kann mich mal, dem pfeif ich was. Ich hab die Arme bis an die Ellenbogen in die Hosentaschen geschoben und so höhnisch gekaut und gekatscht, wie ich nur konnte, und dann habe ich, zack, zack, die Kurve gekratzt. Nein, der kriegt die goldene Orange nicht, die hebe ich auf, solange es geht, und dann friere ich sie in der Kühltruhe ein, damit ich sie nächstes Jahr auch noch bewundern kann.

Jetzt hatte ich sie erst einmal unter meinem Kopfkissen versteckt und das Licht ausgeknipst. Da lag ich nun, Arme hinterm Kopf verschränkt, starrte an die Decke, weil die Orange so süß duftete und weil ich nachdenken mußte. Der Mann mit dem herunterhängenden Lippenstrippenbart hatte das Mädchen mitten ins Gesicht geschlagen. Ein Vater macht so etwas nicht, ein Großvater schon gar nicht. Vielleicht war sie die Gefangene des bösen Mannes. Wahrscheinlich hatte er sie geraubt, und nun ist sie seine Dienerin und muß solche Sachen machen, die man, glaube ich, den niederen Dienst nennt, die fauligen Orangen herumdrehen und vor der Bude mit einem groben Reisigbesen den Dreck wegfegen, all das ekelhafte Zeug, das die Leute auf dem Markt fortschmeißen oder ausspucken. Und sie mußte sich verschwören, sie darf mit niemandem sprechen.

Als ich noch kleiner war, hab ich mal von so einem Fall gehört. Da war eine Königsbraut ziemlich weit übers Feld zu ihrer Hochzeit gereist und hatte zur Begleitung nur ihre Kammerfrau mitgenommen, die ist ein richtiges Miststück gewesen. Die Prinzessin ritt auf Falada und die neidische Dienerin auf einem alten Klepper. Es muß auch kurz vor den großen Ferien gewesen sein, ziemlich heiß, jedenfalls kriegte die Königstochter einen so unheimlichen Brand, daß sie absteigen mußte, um ihren Durst an einem Bach zu stillen, was heute wegen Umweltverschmutzung gar nicht mehr möglich ist, aber damals floß das Wasser noch rein und schmeckte so süß wie Limonade. Als die Königsbraut wieder aufsteigen wollte, saß die Kammerfrau auf dem edlen Pferd und blickte mit zusammengekniffenen Augenlidern von oben herab und zischte: »Auf Falada gehöre ich. Du kannst den elenden Klepper nehmen.« Dann befahl sie ihr, die königlichen Klamotten abzulegen und sich wie eine Dienerin anzuziehen. Außerdem mußte sich die Prinzessin verschwören, kein Wort von dieser Gemeinheit am königlichen Hof zu erzählen, sonst wäre sie auf der Stelle umgebracht worden. Gott sei Dank hatte sich das Pferd alles gemerkt. Damit Falada nichts von der Verschwörung verraten konnte, ließ es die böse Kammerfrau, die jetzt Königin war, abschlachten. Der Kopf wurde unter das Stadttor genagelt. Die echte Königstochter mußte Gänse hüten. Wenn sie das schnatternde Vieh durch das Stadttor trieb, dann heulte sie und fragte den Pferdekopf: »Ach Falada, da du hangest, warum sind die Leute so gemein zu mir?« Und der Kopf, der immer noch reden konnte, antwortete: »Ach Jungfer Königin, da du gangest, wenn das deine Mutter wüßte, das Herz im Leib tät ihr zerspringen.«

Die Königstochter hatte wenigstens einen Pferdekopf, mit dem sie sich aussprechen konnte. Mit wem sollte das arme Mädchen reden, das mir die Orange geschenkt hatte? Dafür war sie geschlagen worden, so grausam, daß sie vielleicht einen Schneidezahn hatte ausspucken müssen, und wahrscheinlich durfte sie keinem Menschen ein Wörtchen davon verraten.

Aber wie Falada hatte ich alles gesehen, und ich dachte, das merke ich mir, du mieser Lippenstrippenbart. Und abschlachten lasse ich mich auf gar keinen Fall, und laut seufzte ich: »Ach Jungfer Königin, wenn das deine Mutter wüßte, das Herz im Leib tät ihr zerspringen.«

Mit einem Mal öffnete sich spaltbreit die Kinderzimmertür, das Licht fiel herein, und meine Mutter schob ihren Kopf durch den Spalt und fragte: »Du hast mich gerufen?«

»Nein«, sagte ich.

Meine Mutter sagte: »Vielleicht hast du geträumt.«

»Ich bin wach.«

»Dann führst du Selbstgespräche.«

Ich stelle mich dumm und sagte: »Ich habe nichts gehört.«

»Schlaf endlich«, befahl meine Mutter ärgerlich.

Ich zog mir die Decke über die Ohren. Da hab ich wieder riechen können, wie süß die Orange duftete und hab mir geschworen, so lange nach dem schönen Mädchen zu fahnden, bis ich herausgefunden hätte, wie sie hieß und was ihr Geheimnis war.

Das Ausspähen hat mich eine ganze Menge Geld gekostet, aber ich bin nicht schlecht bei Kasse. Es gibt nämlich Stunk zwischen meiner Mutter und ihrem neuen Mann, und jeder steckt mir ein Scheinchen zu, damit ich mich auf seine Seite schlage. Solange ich nicht weiß, wer recht hat, nehme ich es von beiden.

Ich wollte also wegen des schönen Mädchens ermitteln und machte das so schlau wie Kommissar Columbo. Man kann unheimlich viel vom Fernsehen lernen. Leider besitze ich keinen zerknautschten Trenchcoat, aber ich wußte, daß meine Mutter abgenutzte Kleidungsstücke in den Müllsack gestopft hatte. Ich zog die schäbigste Jacke heraus, nun sah ich aus wie das Lumpengesindel und konnte mich auf dem Markt unauffällig von Bude zu Bude schleichen. Manchmal blickte ein Händler verächtlich auf mich herab, dann zog ich einen zerknautschten Fünfmarkschein aus der Tasche und glättete ihn so lange auf der Handfläche, bis der Verkäufer gierig lächelte und fragte: »Was darf es sein?«

Meistens kaufte ich Tomaten, bezahlte ein paar Pfennige mehr, als der Händler verlangte, und tat so, als wollte ich gehen, drehte mich aber wieder um, faßte mich wie Columbo an die Stirn, als fiele mir gerade etwas ein, was ich schon lange vergessen hatte, blinzelte ein bißchen mit den Augenlidern und sagte: »Ach, was ich noch fragen wollte . . . der Mann da drüben, mit dem schwarzbehaarten Bauch und dem komischen Lippenstrippenbart, hat ja längst nicht so frische Waren wie Sie, und der spricht so komisch. Kommt der von Sachsen herunter?«

So listig kam ich mit vielen Händlern ins Gespräch.

Eines Abends, als wir essen wollten, gab es plötzlich einen Riesenkrach, weil die kleine Hochhausküche vor lauter Tomaten überquellen wollte, wie der Topf mit dem verdammten heißen Brei. Meine Mutter und ihr Mann Woldemar bezichtigten sich gegenseitig, sie hätten zuviel von dem Zeug herangeschleppt, und sie schrien sich an mit den Worten: »Iiich doch niiicht! Iich doch niiicht!«

Bis ich auf meine Nasenspitze schielte und ein Geständnis ablegte.

Nun sollte ich erklären, warum ich so unsinnig viele Tomaten gekauft hätte.

Ich konnte doch nicht sagen wegen Columbo und so weiter und druckste eine Weile herum, schließlich murmelte ich, von meinem Großvater, Doktor Parisius, hätte ich gehört, daß manche Leute einen Waschzwang hätten. Das ist eine ziemlich saubere Krankheit, weil sich kein Schmutz ansammeln kann. Andere Leute müßten klauen, das ist wie ein Fieber. Es könnte ja sein, daß ich einen Tomatenzwang hätte.

Mutter faßte an meine Stirn und fragte scharf: »Bei dir piept es wohl?«

Ich mußte geloben, weitere Tomateneinkäufe zu unterlassen.

Gott sei Dank wußte ich an diesem Abend schon einiges von dem, was ich erfahren wollte.

Das Mädchen hat einen Namen, der ist so schön wie sie selber. Sie heißt Dilan, und ihre Wohnung ist ein altes Haus am Rande der Oststadt. Bald wußte ich auch, wann die beste Gelegenheit war, sie wieder anzuquatschen, nämlich am Ende des Markttages. Dann werden die Buden abgeräumt, die Sonnenschirme zusammengeklappt und die Autos mit all dem alten Kram beladen, den die Händler nicht losgeworden sind und morgen als hundertprozentig frisch woanders anbieten wollen. Zuletzt muß der Unrat beiseite geschafft werden, ganze Berge von abgerissenen Plastikverpackungen, Kartons, weggeschmissenes Papier von den Eistüten und so weiter.

Nicht weit vom Markt ist eine kahle Stelle, weil dort die alten Häuser abgerissen wurden und die Stadt noch kein Geld hatte, neue zu bauen. Diese kleine Wüste ist so staubig wie die Sahara. An ihrem Rande stehen die Container für den Abfall und mehrere Autowracks, die beinahe so gut sind wie ein Abenteuerspielplatz, bloß ein bißchen gefährlicher wegen der zerbrochenen Scheiben und anderen scharfen Sachen.

Damit niemand dahinterkommt, wie traurig das alles aussieht, hat der Bürgermeister einen hohen Pappzaun errichten lassen, auf dem übermenschlich große Reklamebilder kleben, zum Beispiel ein beliebter Schauspieler mit Glatze, der ein Glas hebt und ein Schafsgesicht macht, weil ihm das Bier überläuft, oder schöne Frauen, die Wäsche aufhängen und das so furchtbar gern machen, daß sie vor Freude die Zähne fletschen, oder der Grand Canyon im Abendlicht, wahrscheinlich soll sich der Mensch vom Zigarettenrauch bis nach Amerika hinziehen lassen. Ich überlegte, ob ich beim Kaugummi bleiben oder auf Zigaretten umsteigen sollte, konnte aber nicht zu Ende denken, denn Dilan kam auf mich zu.

Sie ist klein und zierlich, und ihr Gesicht leuchtete wie eine Fleischtomate, so stark mußte sie sich anstrengen, um die Stoßkarre zu bewegen, die hochbeladen mit Dreckzeug war, das hinüber zu den Containern sollte. Ich latschte ihr lässig entgegen, bis ich mitten im Wege stand. Ich kaute sehr freundlich an meinem Gum, und dann sagte ich mit deutlicher Aussprache: »Eh!«

Sie hat im ersten Schreck die Holme der Karre losgelassen und sich vorsichtig umgesehen. Vielleicht hatte sie Angst, der böse Mann könnte um die Ecke schielen. Es war aber nirgends ein lang herunterhängender Lippenstrippenbart zu entdecken. Bei Gelegenheit werde ich mir die beiden Bartenden mal schnappen und zu einem festen Knoten binden, an dem der Mann zu kauen hat.

Ich lachte bei dem Gedanken, dann habe ich so tief Luft geholt, als müßte ich durch ein Fünfundzwanzigmeterschwimmbecken tauchen, und bin, was hast du, was kannst du, mit der Unratfuhre bis zu den affigen Reklamebildern hinübergekeucht. Die kleine Dilan mit wehenden Locken hinter mir her. Und dann habe ich wie ein Starjongleur aus dem Zirkus gearbeitet, die Dreckstücke eines nach dem anderen durch die Luft geschleudert. Dilan konnte gar nicht fassen, wie rasch sie im hohen Bogen im Schlund des Müllcontainers landeten, zack zack, zack zack.

Ich lachte, sie lachte, und ich hab wieder mein Herz klopfen gehört.

Durch meine unheimliche Fixigkeit hatten wir ein bißchen Zeit zum Quatschen herausgeschunden.

Ich sagte: »Ich weiß nicht, ob du dich verschwören mußtest und deshalb kein Wort sagen darfst. Es kann ja auch sein, du verstehst meine Sprache nicht, weil du nicht aus Mecklenburg-Vorpommern stammst. Deshalb werde ich langsam und deutlich sprechen, und wenn du kapierst, was ich meine, mußt du bitte nicken.« Das hatte ich mal in einem Film gesehen, wo der Kopf des Zeugen so stark mit Verbandszeug umwickelt war, daß er nur noch die Augenlider bewegen konnte, als er verhört wurde. Ich sagte: »Du Dilan?«

Sie lächelte sehr.

Ich sagte: »Dilan ist ein schöner Name.«

Sie nickte, also hatte sie verstanden.

Es war heiß an diesem Abend. Wir standen am Rande der Großstadtwüste, da habe ich begriffen, wie wichtig das Wasser ist, nicht wegen dem Waschen, aber wegen dem Leben. Der Schauspieler mit dem Schafsgesicht schwenkte das Bierglas auf der Reklamewand, und ich bekam einen unheimlichen Brand. Vielleicht wollte Dilan auch was trinken. Weit und breit kein Wasserloch, aber zum Glück hatte ich eine Cola-Büchse in der Tasche. Ich zog sie hervor, ratschte sie auf und bot sie dem schönen Mädchen an. Der moderne Mensch braucht kein Glas oder so was, er hat gelernt, aus der Blechbüchse zu trinken, das ist der Fortschritt.

Endlich war ich mit der Cola dran. Dilan reichte mir die Büchse. Ich trank ziemlich andächtig, dabei war das Zeug so warm, daß ich mir beinahe den Mund verbrannt hätte.

Ich sagte: »Du heißt Dilan. Ich heiße Ra-oul.« Ich trennte den Namen, als ob er aus zwei kleinen Wörtern bestehen würde und sprach ihn aus wie meine Mutter, wenn sie auf mich böse ist. »Ra-oul, Ra-oul, du verstehen?«

Sie lachte, und dann sagte sie: »Aber das ist kein Name aus Deutschland. Du siehst aus, als ob du Emil heißt.«

Mir blieb erst mal die Spucke weg. Sie konnte also Deutsch so gut wie ich und betonte es überhaupt nicht fremdländisch, wie zum Beispiel die Sachsen oder die Leute aus Bayern, die man schlecht verstehen kann. »Da staun ich aber«, sagte ich, »du bist deutsch.«

Sie sagte, daß sie kurdisch wäre, aber in Deutschland geboren.

Ich sagte, daß ich auf keinen Fall Emil heißen wolle.

Da hatten wir was zu lachen und zu erzählen.

Ich lud sie ein, in einem der Autowracks Platz zu nehmen. Leider war es nur ein Trabbi, aber er hatte noch Sitze. Wir ließen uns nieder und blickten auf die kleine Wüste. Die Abendsonne schien darauf, sie verfärbte die kahle Stelle rot wie den Grand Canyon, es sah ganz nett aus. Wir nippten an der sehr laschen Cola, und ich dachte, wenn ich Dilans Vertrauen gewinnen wollte, müßte ich erst einmal meine Geheimnisse verraten. Wenn meine Großmutter Parisius sagt, sie hätte Schweres durchgemacht, dann meint sie ihre Gallenoperation. Bei mir ist das Schlimme ohne Krankenhaus gekommen.

Ich sagte: »Stell dir mal vor, meine Elternteile haben sich letztes Jahr scheiden lassen, klammheimlich, hinter meinem Rücken, genauso, wie man eine Gemeinheit begeht. Kein Mensch hat mich gefragt, aber ich mußte ratzbatz Abschied nehmen von vielen Sachen, die ich unheimlich gern hatte, von meinem echten Vater, von meiner kleinen Stadt in Mecklenburg, von meinen Freunden, von meinem Kater Munzo. Meine Mutter verlangte es. Es wäre gut für meine Entwicklung, als Persönlichkeit und so weiter. Ich sollte mich von heute auf morgen an Sachen gewöhnen, die ich zum Kotzen fand, an diese elende Großstadt, an eine blöde Hochhauswohnung, zehnter Stock, an einen Typ, der dauernd mit am Tisch herumsitzt. Ich nenne ihn die große Glatze. Du kennst doch Rambo, nehme ich an?«

Sie nickte.

Ich sagte: »So sieht mein echter Vater aus, bloß besser natürlich, viel größer und stärker, alles Muskeln. Und ich sollte mich an einen neuen Mann gewöhnen, der sieht beinahe aus wie die Bierreklame, polierte Glatze, große Nase. Ziemlich alt. Dauernd hat er an mir herumgemotzt, zum Beispiel, wenn ich mich beim Frühstück mal ein bißchen zu laut ernährte. Gleich hieß es: ›Schmatz nicht so!‹ Aber ich durfte nicht mal die Augen verdrehen, wenn sich meine Mutter und die große Glatze über den Tisch hinweg feuchte Küsse zuschmatzten, was auch ein sehr unangenehmes Geräusch macht. Es hat mir gereicht mit all diesen Neuigkeiten. Dann sollte ich auch noch in eine neue Schule mit neuen Lehrern und neuen Schülern. Ich bin gar nicht erst hingegangen. Tatsache, ich hab es geschafft und von den großen Ferien bis November jeden Schulunterricht vermieden. Meine Mutter und ihr neuer Mann waren so mit dem Zuschmatzen beschäftigt, daß sie gar nicht dahinter kamen. Kein Mensch ist dahinter gekommen. Als ich die Lügerei satt hatte, habe ich mich freiwillig gestellt. Meine Großeltern fanden das stark, trotzdem hatte ich noch mal in die Vierte gemußt. Deshalb sitze ich immer noch unter Kleinen, die ich alle überrage, aber ein Sitzenbleiber bin ich eigentlich nicht.«

Als ich Dilan mein ganzes trauriges Leben aufgeblättert hatte wie ein offenes Schulbuch, kam es mir vor, als lächelte sie ein bißchen. Ich fragte: »Wie alt bist du?«

Sie war zwölf.

Das hatte ich mir beinahe gedacht. »Dann gehst du also auch in die Sechste.«

Keine Antwort. Dilan blickte durch die nicht mehr vorhandene Frontscheibe des Trabbi auf die rötlich beleuchtete Trümmerwüste. Nach einer Weile sagte sie: »Ich geh überhaupt nicht zur Schule.«

Das haute mich um. »Mensch«, sagte ich, »du hast es gut.«

Sie schaute mich an, ihre Augen waren dunkel wie ein tiefer Brunnen, und sie sagte so leise, daß ich es beinahe nicht verstanden hätte, sie wäre traurig. Sie lernt nämlich leicht, und sie ist gern unter Kindern, aber Schule ist ihr verboten.

»Warum, Dilan, warum?«

»Es ist ein Geheimnis.«

»Kannst du nicht ein bißchen davon verraten?« Ich deutete zwischen Daumen und Zeigefinger einen kleinen Abstand an, einen halben Zentimeter vielleicht, ein winziges Stück. Und ich hab sie angestarrt, unheimlich lange und unheimlich freundlich. Mein Großvater hatte mir nämlich mal erzählt, wenn man sich anstrenge, könne man im Auge eines Menschen beobachten, wie sich die Seele bewegt.

Dilan war zu, und ich wartete darauf, daß drinnen in ihr irgend etwas locker würde, daß die arme Seele vielleicht ein bißchen hüpfte oder so. Ich versuchte, bis auf den Grund des Brunnens zu blicken, und als ich das lange genug getan hatte, war mir auf einmal, als könnte ich ganz kleine goldene Bläschen sehen, die von unten heraufstiegen und an der Oberfläche zerplatzten wie winzige Feuerwerksraketen. Dilans Augen funkelten davon.

Und endlich sagte sie: »Ich trau dir.«

Aber als sie dann erzählte, war der Glanz aus ihren Augen weg.

Sie sagte: »Ich bin in Hamburg geboren und zur Schule gegangen. Meine Mutter, weißt du, hatte vor vielen Jahren aus Kurdistan fliehen müssen.«

»Vor wem?«

»Das erzähl ich vielleicht später einmal. Meine Mutter hieß Kadilfe, und zuletzt hat sie im Bahnhof von Hamburg gejobbt, in so einer Imbißbude den Dreck weggekehrt, eine ziemlich schmutzige Arbeit. Das hat sie für mich gemacht. Mutter war schön und sanft und tapfer, und ich hab sie sehr lieb gehabt.«

»Gehabt?«

»Vor ein paar Wochen ist sie gestorben. Eine ganz schlimme Lungenentzündung. Sie war nur zwei Tage krank, und ich hab zwei Tage lang geheult. Dann wurde sie in einer Holzkiste aus dem Haus getragen. Viele Kurden auf der Beerdigung. Der oder der wollte mich aufnehmen in seine Familie. Ich hätte in Hamburg bleiben können, Raoul, aber die Regierung hat es nicht erlaubt. Nach

Mutters Tod hätte ich kein Recht, in Deutschland zu bleiben. Sie wollten mich abschieben.«

»Dilan«, sagte ich, »du mußt doch einen Vater haben.«

Sie sagte: »Das ist es ja, sie wollten mich zu diesem Mann verschleppen. Aber ich kann mich nicht mehr an ihn erinnern. Ich war sehr klein, als er uns verlassen und verraten hat wegen einer anderen Frau. Mit der lebt er schon lange in Istanbul. Sie hat vier Söhne von ihm, und sie wird mich verachten. Mädchen gelten nichts in der Türkei. Was soll ich also bei denen? Die sind wie fremde Leute. Außerdem kann ich nicht gut Türkisch. Ich hab alles gelernt, was die deutschen Kinder in Hamburg lernen mußten, dieselben Wörter: Hafen und Hagenbeck und Alster, dieselben Lieder und Spiele: ›Häschen in der Grube‹. Ich las dieselben Märchen wie sie. Ich will nicht in eine türkische Schule.«

Ich starrte das Mädchen immer noch an, und nun sah ich, daß ihre kleine Seele zornig war.

Mir selber pochte das Herz wie ein Hammer gegen die Rippen, ich hörte, wie das Blut in meinen Ohren fauchte, als ich die ganze Gemeinheit begriffen hatte. Ich dachte, die darf nicht abgeschoben werden, die muß in meiner Nähe bleiben, und ich wußte auf einmal, warum es mich mit Gewalt zu ihr hingezogen hatte, warum ich so unheimlich auf Dilan stand. Sie war ein Scheidungskind wie ich. Sie war wie eine Schwester.

Ich hielt ihre Hand fest. Sie ließ es sich gefallen, daß ich meinen Daumen bewegte, damit ich sie ein bißchen streicheln konnte. Das fühlte sich gut an, und das ist mehr als das Anstarren, das ist vielleicht schon so was wie körperliche Liebe.

Dilan erzählte: »Kaum war Mutter begraben, da kamen sie, zwei bullige Männer und eine hübsche junge Frau. Die Männer haben mich in ein Kinderheim abgeführt, und die junge Frau hat sehr nett auf mich eingeredet, daß es ja zu meinem Besten wäre, bis die Tür hinter mir zuknallte.

Ein paar Tage später fuhr ein Omnibus vor, wir mußten einsteigen, zwanzig Kinder vielleicht, und wurden am Bahnhof ausgeladen. Den Hauptbahnhof kenn ich wie meine Westentasche. Wir standen schon hinter unseren Bündeln am Gleis, da hab ich mich losgerissen, bin die Treppen hinuntergestürmt, und schon war ich untergetaucht.

Niemand konnte mich finden. Ich hatte ein prima Versteck. Unter den Stadtstreichern, weißt du, die sich im Bahnhof wärmen, gab es einen, der größer war als die übrigen. Diesen hervorragenden Menschen nannten sie den Wikinger. Er hatte nämlich einen roten Bart und trug einen Poncho, lang und breit wie eine Diwandecke, aus grauer Wolle gewebt, mit einem Norwegermuster, so kleine springende Hirsche, glaube ich. Wenn der Wikinger nicht betrunken war und durch die Halle schritt, drehten sich die Leute um, und wenn er die Hände ausbreitete, hing ihm der Poncho über die Arme hinab wie ein Königsmantel, der lange nicht gewaschen worden war. Das sah so majestätisch aus, daß sich kein Polizist traute, den Wikinger aus der Bahnhofshalle zu vertreiben. Vielleicht war er wirklich der König der Penner.

Als ich vom Bahnsteig nach unten stürzte, war er stockbetrunken und hockte mit dem Rücken am Treppengeländer mitten im Gewimmel der Menschen. Das Kinn war ihm auf die Brust gesunken. Die Wermutflasche an seiner Seite war leer. Ich riß verzweifelt an seinem Bart. Der Wikinger schreckte grunzend auf. Ich sagte: ›Hilf mir!‹ Er hob die Arme, ließ mich unter seinen Poncho kriechen und schlief sofort wieder ein. Ich hörte die Rufe der Polizisten laut über dem Stimmengewirr der vielen Leute: Schwarzhaariges Mädchen flüchtig, etwa zwölf Jahre alt! Mädchen flüchtig . . .

Ich grinste im Dustern vor mich hin. Ich war für eine Weile in Sicherheit.«

Dilans Erzählung begeisterte mich. »Du«, rief ich, »das Ding könnte ja von mir sein. Stell dir mal vor, wir beide stellten was an, zusammen, mein ich. Ich glaube, wir sind beide ziemlich schlau, keiner könnte uns an die Karre fahren.«

Da saßen wir nun nebeneinander im Trabbiwrack und waren ganz lustig. Ich mimte einen Marktschreier, hielt die Hände wie einen Trichter vor den Mund und rief leise: »Schwarzhaariges Mädchen gesucht, zwölf Jahre alt!«

»Mach keinen Quatsch«, sagte Dilan. »Sie suchen mich immer noch. Bitte, sei still.« Sie wendete lauernd den Kopf.

Da war es auf einmal, als hörte ich jemanden ihren Namen rufen.

Ja, da war es deutlich zu hören: »Di-lan! Di-lan!«

Wie durch ein Wunder war der Rückspiegel am Trabbi

noch heil. Ich sah, wie der Lippenstrippenbart um die Müllcontainer schlich. Wir mußten uns kleiner und immer kleiner machen, bis ich mit meinem Körper über ihr lag. Wir hielten die Luft an und stellten uns tot. Da hab ich einen Herzschlag gefühlt und nicht mehr gewußt, war es der von mir oder der von ihr.

Nach einer Weile war der Mann mit dem Lippenstrippenbart verschwunden, und wir konnten auf die Sitze zurück.

In Dilans Auge glänzte eine Träne. Ich wischte sie mit dem Zeigefinger weg und fragte: »Warum hat dieser Mann Gewalt über dich?«

Sie sagte: »Er kennt mein Geheimnis. Der Wikinger hat mich nur eine Zeitlang behüten können. Ich wollte fort aus Hamburg. Der Lippenstrippenmann ist ein türkischer Händler. Er hat mich nach Mecklenburg mitgenommen und erst mal in dem Asylantenheim untergebracht, heimlich, aber nun setzt er mich unter Druck. Ich muß für ihn arbeiten wie eine Magd.«

Ich habe Dilan bis zu den Containern begleitet und bei mir gedacht:

»Ach Falada, da du hangest.
Ach Jungfer Königin, da du gangest,
wenn das deine Mutter wüßte,
das Herz im Leib tät ihr zerspringen.«

Als ich nach Hause kam, war mir das Herz so schwer, daß ich ganz krumm im Wohnzimmer herumstehen mußte.

Ich kam mir niedergedrückt vor und starrte auf den bunten Teppich. Kann sein, das Muster ist aus Kurdistan.

Ich dachte, daß Dilan dort, wo sie wohnt, jederzeit auffliegen könnte. Mein Kinderzimmer hat Platz für ein Doppelbett, und die Beamten, die nach Dilan fahnden, würden bei uns im zehnten Stock bestimmt nicht nach ihr suchen.

Ich hatte keine Lust, meiner Mutter und der großen Glatze ins Auge zu sehen, sondern blickte zu Boden und sagte maulig: »'n Abend.«

Meine Mutter schlug die Hände zusammen und rief: »Wie siehst du denn aus?«

Ich hatte vergessen, mich im Keller umzuziehen und die verknautschten Klamotten in den Müllsack zurückzustopfen. Nun sah ich immer noch aus wie das Lumpengesindel. Ich sagte, ich hätte mich auf dem Abenteuerspielplatz herumgetrieben, meine feinen Sachen wären zu schade dafür. Das war ja auch nur halb gelogen.

»Wasch dir gefälligst die Pfoten«, befahl die große Glatze, »und dann bitte marsch zum Tisch.«

Ich hatte keine Lust, denn ich hatte es gleich gesehen, schon wieder Tomatensalat.

Ich wusch mich sehr vorsichtig und schonte den Zeigefinger, mit dem ich Dilans Tränen abgewischt hatte. Er war ein bißchen dreckig vom Staub der Großstadtwüste, aber dieser Schmutz war eine wertvolle Erinnerung und sollte nicht in den Abfluß gespült werden, wie irgendwas Keimiges.

Schlechte Laune am Tisch.

Vor einiger Zeit hatten wir bei uns die Wende, von da an ging alles andersherum.

Für Woldemar, die große Glatze, hatte es sich ausgeschmatzt. Früher war er beim Außenhandel gewesen und hatte beinahe so hoch gestanden wie die Regierung. Jetzt hatte er nichts mehr zu sagen und noch weniger zu tun. Mutter und er spitzen nicht mehr die Lippen, um schon morgens über das Frühstücksei hinweg ein unangenehmes Geräusch zu machen. Dafür rasseln sie mit den Teelöffeln in den Tassen herum.

Auch jetzt stritten sie wieder, und die Stimmung war wie früher, als wir noch mit meinem echten Vater verheiratet waren.

»Ich verstehe nicht«, sagte meine Mutter, »dir ist gekündigt worden, obwohl du ein promovierter Außenhandelskaufmann bist.«

»So ist es«, sprach die Glatze. »Heutzutage braucht kein Doktor mehr wegen ein paar Bettfedern bis nach China zu reisen. Der Betrieb wird abgewickelt.«

Keine Haare haben und keine Arbeit, das ist schlimm. Er tat mir ein bißchen leid.

»Aber du bist doch ein Akademiker«, sagte meine Mutter empört.

»Dennoch«, sagte die große Glatze, »bin ich zur Zeit Doktor Arbeitslos.«

»Weil du in der Partei warst«, sagte meine Mutter. »Warum hast du dich nicht herausgehalten?«

»Weil alle drin waren«, behauptete er.

»Ich nicht.« Meine Mutter schüttelte den Kopf, daß ihr

die Haare um die Ohren flogen wie bei der Waschmittelwerbung im Fernsehen.

»Du warst ja auch nicht beim Außenhandel«, sagte ihr Mann ein bißchen höhnisch. »Du bist ja nur beim Konsum gewesen.«

Meine Mutter lächelte sauer und sagte, sie wäre aber aufgestiegen bis zur Abteilungsleiterin im Centrum-Warenhaus.

Sie schleuderten die Wörter gegeneinander wie kleine harte Bälle. Ich war der Zuschauer und drehte den Kopf hin und her wie bei einem spannenden Tennismatch. Früher, als wir noch mit meinem echten Vater verheiratet waren, hat meistens meine Mama gewonnen. Mein Vater Heiner war stark, aber nicht schlagfertig. Nur einmal habe ich zufällig gesehen, wie er meine Mutter auf das Sofa gehauen hat, daß es nur so krachte. Das war lange vor der Scheidung und wahrscheinlich gewaltige Liebe. Jedenfalls keuchten beide furchtbar und haben nicht sich angeschrien, sondern mich, ich sollte mich auf der Stelle verziehen.

Ich glaube nicht, daß sich meine Mutter von der großen Glatze auf das Sofa werfen läßt. Dieser Mann ist zwar dick, aber nicht stark.

Er sagte: »Jeder muß Haare lassen.«

»Warum gleich so viele?« fragte meine Mutter spöttisch und tupfte an ihrer ziemlich aufgeputschten Frisur.

Woldemar sagte: »Früher hast du nicht hoch genug hinausgekonnt in deinem Ehrgeiz, jetzt mußt du wieder ganz unten anfangen . . . als Verkäuferin.« Er sprach das Wort so aus, daß es sich anhörte wie Müllabfuhr.

Aber bei Wollenweber, meinte Mutter. Das sei eine allererste Adresse. Dort könnte sie zur Direktrice aufsteigen. Vorher müsse sie allerdings noch auf eine Computerschule und zu einem Trainingslehrgang nach München.

›Ach Falada, da du hangest ...‹

Ich fragte: »Wo liegt eigentlich Kurdistan?«

Die große Glatze meinte: »Habe ich richtig gehört? Du willst nach München gehen?«

»Das sagte ich doch gerade«, antwortete Mutter.

Beide hatten mir gar nicht zugehört. Sie interessierten sich nicht für Kurdistan. Mein Herz war immer noch schwer, und der Tomatensalat lag mir im Magen.

Ich schob meinen Stuhl zurück und ging zu den Bücherregalen im Arbeitszimmer.

Am Tisch schmissen sie immer noch die knallharten Wörter gegeneinander.

Ich hatte bald gefunden, was ich suchte. »Kurdistan, Landschaft in Vorderasien, zwischen dem oberen Euphrat und dem Urmiasee gelegen, fünfundzwanzig Millionen Einwohner, politisch unter die Türkei, Syrien, Iran und Irak aufgeteilt.« Vielleicht ist Dilans Mutter mit der Zerteilung des Landes nicht einverstanden gewesen und hatte aus Protest an einer Demo teilgenommen und ist deshalb verfolgt worden und hat in der Fremde sterben müssen. Es könnte ja sein.

Als ich ins Zimmer zurückkam, bemerkte meine Mutter endlich, daß ich traurig war. »Das ist doch gar nicht so schlimm«, sagte sie. »Komm zu mir, Raoulilein.«

Ich stellte mich neben ihren Stuhl. Sie zog mich an sich

und streichelte meinen Arm. Immer wenn sie lieb ist, sagt sie Raoulilein. Ich hielt ihre Hand fest und preßte sie gegen meine Wange. Ihre Hand war hart nur dort, wo sie goldene Ringe auf die Finger gesteckt hatte, aber meistens weich und zärtlich, und sie roch so unheimlich gut, daß ich vielleicht draufgeschmatzt hätte, aber ich dachte, daß ich noch lieber Dilans Finger küssen würde.

Mutter befreite ihre Hand, die ich gefangen hatte, und glitt damit über meinen Igel. Da hätte ich am liebsten wie ein Kater geschnurrt. Sie sagte: »Sieh mal, alles wird teurer. Einer in der Familie muß Geld verdienen. Zum Glück fällt der Lehrgang in die großen Ferien. Wenn du Lust hast, kannst du die Großeltern besuchen. Unser Familienoberhaupt Doktor Lengefeld wird inzwischen die Stellenangebote in den Zeitungen studieren und sich um den Haushalt kümmern. Warum sollte er nicht dahinterkommen, wie eine Waschmaschine funktioniert?«

Ich dachte, so schlimm ist das wirklich nicht, notfalls tragen wir dreckige Hemden und sparen das Waschpulver, das ist eine umweltfreundliche Tat. Vielleicht gar nicht schlecht, wenn Mutter das Auge auf einen Computer richtet, der in München steht. Solange kann ich mich ungestört um Dilan kümmern.

Ich sagte: »'ne Weile bleibe ich noch hier. Ich bin nämlich mit einem Freund verabredet.« Freundschaft war auf keinen Fall gelogen, und meiner Mutter konnte es egal sein, ob der Kumpel einen Schniepel hatte oder keinen. Hauptsache, ich komme mit der großen Glatze klar. Mit diesem Mann war ich überhaupt nicht verwandt und wollte ihn aus diesem Grund nicht Papa nennen. Ich hatte ihn bis jetzt mit gar keinem Namen angeredet, höchstens mal mit du, und er konnte froh sein, daß ich ihn nicht siezte.

Jetzt grinste ich die große Glatze diplomatisch an und sagte: »Woldemar und ich, wir schmeißen den Laden schon. Du kannst dich darauf verlassen, Mama.«

Der dicke Mann war hocherfreut. Er sagte: »Selbstverständlich, selbstverständlich«, und dienerte sogar ein bißchen, als müßte er sich für ein Geschenk bedanken.

Meine Mutter behauptet manchmal, ich wäre ein schlaues Kerlchen! Kann sein, daß sie recht hat.

Ich hab sie doch geküßt.

2

Bis zu Mutters Abreise hatten wir eine Menge Streß wegen der vielen Sachen, die angeschafft werden mußten. Sechs Wochen ist eine sehr lange Zeit, und wenn München auch nicht so weit weg ist wie Kurdistan, ziemlich entfernt ist es schon. Wenn die Kurden nach Deutschland verreisen, haben sie es längst nicht so schwer wie wir. Die meisten sind arm dran und brauchen wenig einzupacken, ein Pappkarton oder ein Beutel genügt. Aber meine Mutter sagte, sie könnte auf gar keinen Fall mit einem Campingsack nach München fahren, darum hat ihr mein Großvater Parisius ein kleines, knallrotes Auto mit einem großen Kofferraum schenken müssen.

Endlich war alles verstaut.

»Also dann, auf Wiedersehn!«

Meine Mutter weinte ein bißchen, auch mir war komisch zumute, aber ich habe schon so oft Abschied nehmen müssen, daß ich durchtrainiert bin. Es ist immer das gleiche, das Magendrücken wegen der Traurigkeit, die klammrige Umarmung, als würde man sich niemals wiedersehen, die feuchten Küsse und meistens die gleichen Wörter: Halt die Ohren steif! Paß schön auf dich auf und sei bitte ein ganz lieber Junge.

Das wollte ich besser nicht beschwören, aber abschlagen konnte ich es auch nicht, deshalb grinste ich dümmlich, das habe ich mal vor dem Spiegel geübt.

Der Abschied zog sich hin. Wir standen eine Weile unten vor dem Haus, und oben gingen die Fenster auf. Seit so viele Menschen arbeitslos sind, haben sie Zeit für die Neugierigkeit.

Mutter und die große Glatze küßten sich wieder und schmatzten auf der Straße. Es war mir unangenehm, und ich war froh, als das kleine knallrote Auto endlich abzischte wie eine rasende Tomate.

Ich winkte und dachte an die goldene Orange. Dilan war seit ein paar Tagen nicht auf dem Markt gewesen. Wir hatten ausgemacht, der Trabbi auf dem Schrottplatz sollte unser toter Briefkasten sein. Keine Nachricht. Vielleicht ließ der Lippenstrippenbart Dilan nicht aus dem Haus. Vielleicht war sie gar nicht mehr in der Stadt.

Bald war das knallrote Auto hinter der Straßenkreuzung verschwunden. Das Winken hatte keinen Zweck mehr, und ich kam mir plötzlich vor wie ein Waisenkind. Keine Mutter mehr, keine Freundin mehr, Vater geschieden. Am liebsten hätte ich losgeheult, aber ich bin ja schon fast dreizehn und habe Abschied trainiert, deshalb zog ich den Tränenschnodder und die verdammte Traurigkeit mit einem Schnarcher durch die Nase hoch und schluckte das Zeug in den Hals.

Auf einmal schlug mir die große Glatze die Pranke so schwer auf die Schulter, daß ich beinahe in die Knie gehen mußte. Der Mann hatte mir aber nur aus Freundlichkeit eins draufgehauen und fragte: »Wie wäre es mit einem Gespräch unter Männern?«

Ich hatte keine Lust. Worüber sollte ich mit ihm sprechen?

Ich sagte: »Heute nicht.«

Da redete er von Vertrauensbasis. Vertrauen wäre so wichtig.

»Na gut«, sagte ich. »Du kannst mir ja den Hausschlüssel anvertrauen.«

Da hat er zuerst ein bißchen schief aus den Augenwinkeln geguckt und dann nach dem Schlüsselbund in der Hosentasche gefischt. Er ließ es zwischen Daumen und Zeigefinger baumeln, direkt vor meiner Nase. Ich kam mir wie ein Hündchen vor, das Männchen machen muß, ehe es nach der Wurst schnappen darf.

Die große Glatze verlangte: »Spätestens zwanzig Uhr mußt du zu Hause sein.«

Ich brachte das Kunststück fertig und versprach es.

Nun war der Vertrauensbeweis hergestellt. Der Mann händigte mir die Schlüssel aus, nahm mich bei der Schulter wie einen guten Freund und führte mich die Treppe hinauf bis vor unsere Tür.

Ich durfte aufschließen.

Als wir in der Wohnung waren, starrte der Mann auf die Flurgarderobe. Dort hingen Mutters Hut und ein Schal, der nach ihrem Parfüm duftete, so kräftig, daß man denken konnte, sie wäre gar nicht nach München gefahren.

Woldemar sagte: »Wir müssen die Selbständigkeit üben. Heute abend muß ich an einer Beratung teilnehmen und dich für ein paar Stunden alleine lassen. Ich gehe davon aus, daß du dir selber eine Stulle schmieren kannst.«

Ich nickte sehr und freute mich auf den Abend. Ich hatte keinen Aufpasser und freie Hand, wegen Dilan zu ermitteln.

Aber erst einmal mußte ich warten, denn es dauerte ziemlich lange, bis sich Woldemar fertig gemacht hatte. Ich hörte ihn stöhnen und keuchen. Er ist ja ziemlich dick und mußte wahrscheinlich erst die Luft ablassen, ehe er die Hose über dem Bauch zuschnallen konnte.

Als er endlich ins Wohnzimmer trat, mußte ich staunen.

Er hatte schwarze Sachen angezogen, sogar das weiße Hemd mit einer schwarzen Schleife zugebunden, und seine Glatze glänzte wie eine frisch polierte Billardkugel, nicht das kleinste Stäubchen war darauf zu sehen.

Warum so feierlich? dachte ich. Womöglich findet die Beratung mit einer Frau statt, vielleicht ist diesmal er es, der Mutter verlassen will, und das ganze Theater geht von vorne los. Dann muß ich mich an einen dritten Mann gewöhnen. Lieber will ich bei dem Dicken bleiben.

»Toll«, sagte ich. »Du siehst aus, als ob du zu einer Trauerfeier mußt.«

»Was bist du für ein schlaues Kerlchen«, meinte er, fuhr mit der Hand über meinen Igel und ging mit den Worten: »Bis später, mein Freund.«

Ich dachte, vielleicht müßte auch ich ein bißchen freundlicher sein. Deshalb beschloß ich, den Mann in Gedanken nicht mehr die große Glatze, sondern Big Woldi zu nennen.

Big Woldi und meine Mutter hatten sich schon ein paarmal über den Klamottenstau im Kleiderschrank unterhalten. Meine Mutter meinte, sie müßte sich von allen Sachen trennen, die sie länger als zwei Jahre nicht getragen hätte, sie wären nicht mehr im Trend. Aber dann fiel ihr die Scheidung von den vielen bunten Kleidern zu schwer, oder ihre Zeit war zu knapp, die Blusen und Röcke klemmten immer noch so dicht an dicht im Kleiderschrank, daß nicht mal eine Motte dazwischen konnte.

Aber ich brauchte dringend schöne Kleider. Ich wollte nämlich unbedingt noch heute abend in das verfallene Haus am Rande der Oststadt eindringen und dachte, die Tür würde mir offenstehen, wenn ich mit einer milden Gabe käme. Also sorgte ich für Luft im Kleiderschrank, quetschte das Zeug in einen Plastiksack mit rotem Kreuz, schnürte das Ganze auf dem Gepäckträger fest und radelte über Nebenstraßen in Richtung Asylantenheim. Das machte ich so heimlich, als müßte ich im Plastikbeutel die Teile einer Leiche transportieren. So was Gräßliches hatte ich mal in einem Sommerkrimi gesehen.

Gar nicht lange, da war ich vor dem schäbigen Haus, in dem Dilan wohnte, angekommen. Ich kurvte ein paarmal am Zaun hin und her und überlegte, ob ich am Tor klingeln und durch den Haupteingang gehen sollte. Das rote Kreuz auf dem Kleidersack war so gut wie ein Paß, und bestimmt würde mich der Aufpasser an der Tür so gelangweilt durchwinken wie die Zollkontrolle auf einem deutschen Flughafen. Leider war der Sack mit den Geschenkartikeln beinahe so groß wie ich und mindestens so schwer. Zuletzt würde ich ihn buckeln müssen und aussehen wie ein zu klein geratener Weihnachtsmann. Und vielleicht würden die Leute das komisch finden, mit ihren Fingern auf mich weisen oder vor Lachen mit dem Bauch wackeln. Ich durfte in keiner Weise auffallen und hatte deshalb den zerknautschten Columbo-Mantel angelegt, und ich wünschte, daß Dilan als erste in dem Kleiderbeutel herumkramen durfte. Vielleicht würde sie etwas finden, das ihr gefiel. Dilan ist nicht sehr groß, deshalb hatte ich von Mutters Kleidern eines mitgenommen, zu dem sie ›das kleine Schwarze‹ sagt. Es ist nicht viel dran, obenrum und untenrum, aber es ist auch kein Kunststück für mich, eine rote Rose zu klauen. Dilan könnte die Blume mit einer Sicherheitsnadel feststecken und würde aussehen wie die Prinzessin aus Kurdistan.

»Ach Falada, da du hangest,
wenn das deine Mutter wüßte.«

Während ich noch kurvte und überlegte, kamen sie herangedonnert, junge Männer in schwarzen Ledersachen, so eng wie Taucheranzüge aus Gummi, mit allerlei silbrigem Schmuck daran festgenietet, Plaketten und klirrigen Ketten und so was. Ihre Gesichter waren nicht zu erkennen, denn die Männer trugen Helme und machten einen so unheimlichen Eindruck wie alte Kreuzritter mit heruntergelassenem Visier. Sie hockten auf Motorrädern, die so groß waren wie kleine wilde Pferde, und die Männer taten so, als wollten sie gleich in den Krieg reiten. Aber erst einmal wendeten sie die eisernen Gäule andersherum, so daß sie mit dem Hinterteil auf das Haus zeigten, und dann drehten sie den Gashahn auf, ließen die Maschinen so laut erdröhnen wie ein Flugzeug in der Einflugschneise und spuckten den Abgasqualm gegen das Gebäude, als sollte es mitsamt den Leuten darin ausgeräuchert werden wie ein Wespennest.

Oben war der Zaun mit Stacheldraht abgesichert, aber so was hilft gar nicht gegen einen Gasangriff. Die Leute in dem Haus schrien vor Angst, und dann schlugen sie die Fenster zu. Dabei waren die Reiter nur der Vortrupp gewesen. Jetzt sah ich, wie das schwarze Fußvolk anrückte, Schnürstiefel, Bomberjacke, keine Helme, aber glattrasierte Schädel. Und das Fußvolk grölte, daß Deutschland den Deutschen gehört.

Ich konnte auf keinen Fall durch den Haupteingang, er wurde gerade verriegelt, sondern mußte die Kurve kratzen und mein Fahrrad bis zur Rückseite des Asylantenheims schieben, wo es aussieht wie auf einer wilden Müllkippe. Ich hatte schon in der Zeitung gelesen, es wäre so schwierig mit den Ausländern wegen der anderen Kultur. Ich glaube, die Kultur entwickelt sich verschieden. Siegfried, der Drachentöter, hatte nicht einmal einen Plastikbecher. Er mußte noch an der Quelle niederknien, Hagen den Rücken kehren und das Wasser mit der hohlen Hand schöpfen, als er durstig war. Das ist schon lange her, und hätte er eine Cola-Büchse auf die Jagd mitgenommen, wäre der gemeine Mord nicht passiert. Deutschland hat sich seit den alten Germanen entwickelt. Aber die Kurden und solche Leute aus dem Osten müssen heute noch froh sein, wenn sie ein Loch finden, aus dem sie Wasser schöpfen können. Sie haben keine Blechdosenkultur. Außerdem kann in Kurdistan wegen der hohen Gebirge die Städtische Müllabfuhr nicht vorbeikommen. Vielleicht denken die Leute, das wäre in Deutschland ebenso und entsorgen das unbekannte Blechzeug und so weiter aus dem Fenster. Ich nehme ihnen das nicht so übel wie die Zeitung.

Die Geheimpforte zwischen den Brennesselwäldern hatte ich schon vor Tagen ausgespäht. Ich stieß sie auf, führte das Fahrrad vorsichtig durch den Unrat und lehnte es an die Rückfront des Hauses, gleich neben die Kellertür. Jetzt verstand ich, was sie vorn an der Straßenseite im Sprechchor brüllten. »Ausländer raus! Ausländer raus!«

Mit einem Mal knallte es. Vielleicht hatten die schwarzen Ritter aus der Pistole geschossen, vielleicht hatten sie Knallfrösche oder Raketen, die von der Silvesterballerei übriggeblieben waren, auf das alte Haus abgefeuert. Ich hörte, wie die Fensterscheiben zerklirrten. Wahrscheinlich schmissen sie auch mit Pflastersteinen, und ganz sicher mußte sich Dilan schrecklich fürchten.

»Ach Falada, da du hangest!
Ach Jungfer Königin, da du gangest,
wenn das deine Mutter wüßte,
das Herz im Leib tät ihr zerspringen.«

Ich ließ das Fahrrad mit dem Kleidersack neben der Tür stehen und schlich mich in den Keller ein. Weil ich keinen Blindenhund bei mir hatte, mußte ich den Weg durch die modrigen Gänge mit den Fingerspitzen abtasten. Als ich endlich aus dem finsteren Kellergewölbe in das hellere Erdgeschoß aufgestiegen war, stand ich auf einmal wie Kai aus der Kiste unter vielen Menschen, Männern, Frauen und Kindern, die heulend hin und her und kreuz und quer rannten, gerade so, als hätte jemand in einem Ameisenhaufen gestochert. Die Leute rochen ziemlich scharf, aber sie schleppten keine Ameiseneier, sondern ihre Bündel, und sie wußten nicht, wohin damit. Und in der Mitte des Durcheinanders stand die Heimleiterin, ein großes Mädchen mit langem, dickem Zopf, das einen ziemlich altdeutschen Eindruck machte. Sie hatte einen Wollrock angezogen, der oben schmal war und unten herum breiter wurde, so daß das große Mädchen wie ein kleiner Bohrturm anzusehen war, und sie rief von oben herunter: »Bitte Ruhe bewahren! Bitte Ruhe bewahren!«

Das ist zuviel verlangt, wenn die Fensterscheiben zerbersten und die schwarzen Ritter vor dem Haus schreien, daß Deutschland den Deutschen gehört. Sie führten sich auf, als wollten die paar Kurden und Türken die ganze Bundesrepublik klauen und dann ab damit über die Grenze.

Ich habe schon erzählt, daß ich die Columbo-Klamotten aus dem Abfallsack herausgezogen hatte. Nun war ich getarnt als Lumpengesindel. Kein Mensch konnte denken, ich wäre deutsch, deshalb lief ich unerkannt zwischen den aufgeregten Leuten herum und spähte in jedes Zimmer. Am Ende des Flurs erkannte ich plötzlich den Lippenstrippenbart und schlich mich vorsichtig an. Der Mann schnürte sein Bündel und brüllte seine Frau in einer Fremdsprache an. Trotzdem verstand ich, daß er böse war. Die Frau hatte schwarze Kulleraugen und einen kleinen schwarzen Bart auf der Oberlippe, und sie konnte genauso laut brüllen wie ihr Mann. Dabei zeigte sie mit einem Finger auf Dilan.

Das Mädchen hockte in einem Winkel des Zimmers und machte sich klein. Sie war ganz in sich zusammengekrochen und hielt schützend die Hand über den Kopf, als hätte sie Angst vor Schlägen.

Nun schrie der Mann auf die arme Dilan ein und zeigte ihr seine Fäuste vor. Ich habe mir später von Dilan alles übersetzen lassen. Sie kann nämlich ein bißchen Türkisch. Der Mann hatte geschrien, sie wohnten alle illegal in dem Heim und müßten auf der Stelle fort. Er hätte keine Lust, sich von der Polizei an den Dingsda kriegen zu lassen, an den Arsch. Für diese Gemeinheit fand Dilan kein feineres Wort in deutsch. Sie hob das Gesicht, es war von Tränen übergossen, erkannte mich trotz meiner Columboverkleidung und schrie: »Raoul!«

Dann flitzte sie aus der Ecke, schlüpfte unter dem Arm des Lippenstrippenbartes hindurch, der streckte seine behaarten Krallen nach ihr aus, wie der böse Kater im Trickfilm und wollte zähnefletschend hinterher. Ich habe ihm rasch ein Bein gestellt, da ist er – peng – aufs Kinn geknallt. Beinahe war mir, als könnte ich all die bunten Sterne sehen, die vor seiner plattgedrückten Nase tanzten.

Und seine Frau jaulte auf, als wäre sie vom wilden Affen gebissen.

Wir huschten zum Keller hinunter. »Nimm meine Hand!«

Ich führte Dilan durch die dunklen, stickigen Gänge und schließlich die ausgetretenen Stufen zur Hintertür hinauf. Ein schräger Blick zurück. Kein Mensch, der uns folgte. Tor auf, durchatmen, wir waren endlich im Freien, aber leider nicht in Sicherheit. Vorn auf der Straße grölten sie immer noch: »Deutschland den Deutschen!«

Die armen Ausländer taten mir unheimlich leid. Ich weiß nämlich, wie das ist, wenn einen jeder herumstößt und keiner einen haben will und jeder an einem herummeckert, wie nach der Scheidung von meinem echten Vater, bei dem wäre ich gern geblieben, aber ich durfte nicht. Die Erwachsenen hatten mich verraten. Wäre mir damals nicht ein liebes Tier über den Weg gelaufen, das mich unheimlich mochte, nämlich der Oberkater Munzo, hätte ich vielleicht auch auswandern müssen und von den Türken oder Kurden zu hören gekriegt: Habenicht raus! Habenicht raus!

Dilan sah mich aus irre großen Angstaugen an. Ich wollte das Mädchen beruhigen, wischte mir die Dreckpfoten an der Hose ab und strich vorsichtig über das Haar, so schwarz wie Ebenholz, das kringelte sich bis auf die Schulter und war so glänzend und so seidig, daß mir die Hände glatt abrutschten. Ich mußte mich an ihren Oberarmen festhalten, da konnte ich fühlen, daß sie bebte wie eine kleine Zitterpappel.

Dilan flüsterte: »Ich sehe ausländisch aus. Was geschieht, wenn mich einer von denen erkennt?«

Das Gegröle kam näher. Vielleicht wollte das schwarze Fußvolk die Rückseite des Hauses besetzen.

Big Woldi und meine Mutter hatten gesagt, ich wäre ein schlaues Kerlchen, und manchmal habe ich wirklich eine gute Idee. Ich wußte, daß in dem Kleidersack mit dem roten Kreuz eine Jeans steckte, die an den Knien zerrissen und schön zerfranst war und deshalb unheimlich fetzte. Leider bin ich in der Entwicklung. Die Hose war zu eng geworden, und eigentlich wollte ich sie einem kleinen Kurdenjungen vererben. Ich zog die Jeans mit sicherem Griff aus dem Beutel.

»Zieh das an!«

»Und mein Rock?«

»Verstauen wir erst einmal im Sack, und dein langes Haar binden wir oben auf dem Kopf mit einer Strippe zusammen. Das sieht ziemlich blöd aus. Aber nun stülpst du meinen verschwitzten Columbo-Hut drüber – eh, gar nicht schlecht. Ich schau dich an, du schaust mich an. Wie sehen wir aus? Wie zwei ziemlich verkommene Straßenjungen. Echt deutsch. Aber nun müssen wir uns beeilen und verschwinden, ehe sie das Asylantenheim stürmen.«

Dilan nickte. Sie zog das Hütchen in die Stirn, grinste und sah so lieb aus, daß ich sie beinahe geküßt hätte, wäre sie nicht als Junge verkleidet gewesen.

Ich versteckte das Rad und den Lumpensack zwischen

allerlei Gerümpel, dann zogen wir zu Fuß los, wateten durch den Abfall, schoben uns durch die Brennesselwäldchen und stießen die Geheimpforte auf.

Da löste sich eine riesige Gestalt aus dem Schatten des Gebüschs, latschte auf uns zu und blökte irgendwas Dumpfes in deutsch. Es hörte sich bedrohlich an. Genau verstand ich's nicht, denn die Gestalt hatte sich Mund und Nase mit einem Tuch vermummt. Ich hätte mich beinahe gefürchtet, da erkannte ich ihn. Es gibt niemanden, der solche Kalbsaugen hat wie der Sohn von Doktor Fleischhacker.

Doktor Dietrich Fleischhacker arbeitet als Redakteur bei der Mecklenburgischen Rundschau. Sein Sohn heißt Malte. Er ist ein Meter neunzig groß, ziemlich dick und schon zweimal sitzengeblieben. Schätze, er ist sechzehn. Und nun macht er also Rabbatz im Kettenkasten.

Nur keine Angst zeigen! Dieses Wort gilt, wenn einem mal auf der Straße ein großer Hund entgegentritt, die Schnauze bis zum Reißzahn aufreißt und schrecklich knurrt. Kühler Blick ins Auge, das ist die Rettung.

Ich verkniff mir die Angst, aber ich hatte doch einen Frosch im Hals und mußte ihn erst hinaushusten, ehe ich reden konnte. Ich sagte: »Eh! Malte!«

Er glotzte mißtrauisch von oben runter. »Was hast du hier verloren, Mensch?«

»Dasselbe wie du«, sagte ich frech. »Ihr macht vorne auf der Straße Krach, ich habe hier hinten nach dem Rechten gesehen.«

Malte zog sich die Vermummung aus dem Gesicht und grinste.

Ich habe das dümmliche Lächeln mal vor dem Spiegel geübt, aber so gut wie Malte kann ich es nicht.

Jetzt fragte er: »Na und?«

Ich erklärte, wir hätten uns ins Haus geschlichen und gehört, wie die Heimleiterin nach der Polizei telefoniert habe wegen des Überfalls.

»Danke, Kleiner.« Malte quetschte mir anerkennend die Pfote.

»Wie alt bist du eigentlich?«

»Dreizehn.«

»Und dein Freund?«

Die Tarnung klappt, dachte ich. Er hält das Mädchen für einen Jungen.

»Zwölf«, sagte Dilan mit Grabesstimme.

»Da könnt ihr mit Weibern noch nicht viel anfangen«, meinte Kalbsauge und feixte. »Aber es wird Zeit, daß ihr lernt, wie man ein Bierchen kippt und an der Lulle lutscht. Ich nehm euch mit zu unserem Treff.«

Nun war mir doch mulmig zumute. Jeden Augenblick können die Polizeiautos mit heulenden Sirenen heranbrausen und das Gebäude einkreisen, und wir stehen mit diesem Typ herum und quatschen über Weiber und Bier. Wenn sie mich schnappten, wäre das nicht so schlimm, sondern eine schöne Abwechslung.

Ich stell mir vor, wie sie mir die Handschellen anlegen, mich mit den anderen in eine grüne Minna pferchen, in eine Zelle sperren und später irgendeinem Kommissar vorführen. Einen kenn ich aus dem Fernsehen. Er hat so quellende Augen wie Malte, ist aber nicht so dämlich, sondern einer, der alles herauskriegt. Bestimmt würde er mich als Columbo erkennen, grüßend die Hand schwenken und fragen: »Was machen Sie denn unter diesen Leuten, Herr Kollege?« Ich würde ihn von der Seite anschielen, mich an den Kopf fassen und flüstern: »Auftrag von Interpol.«

Es wäre aber schrecklich, wenn sie Dilan schnappten. Sie würde sofort abgeschoben werden, und ich könnte sie niemals wiedersehen.

Mit einem Mal hatte ich große Angst, wollte mir aber auf keinen Fall irgendwelchen Tränenschnodder in die Nase steigen lasen und sagte cool: »Also morgen auf ein Bierchen.« Dann zeigte ich mit abgekehrtem Daumen auf Dilan und fragte: »Traust du dich, den und mich, also zwei Kerle auf einmal, auf dem Sozius von deinem Feuerstuhl zu transportieren?«

»Wenn es sein muß, drei solche halbe Portionen wie euch«, sagte er großmäulig.

»Das ist aber verboten.« Ich reizte das Kalbsauge, und prompt antwortete er mit einem Hohngelächter.

Ich machte ihn weiter an und schwärmte: »Du hast einen tollen Schlitten. Ich gäb was drum, wenn du mit uns 'ne Biege fahren könntest, ehe die Bullen kommen.«

»Mir nach«, sprach Malte und deutete zur Straße hin. Dort hatte er das Superding geparkt, und von dort kamen sie näher und näher. Weil mir kein feineres Wort einfiel, mußte ich »Scheiße« denken.

Das grölende Volk rückte an. Malte zeigte auf uns und sagte: »Nachwuchs.«

Da hab ich das unangenehme Wort noch einmal gedacht.

Kann sein, daß Kalbsauge ein Führer war, denn er spaltete mit einer Handbewegung die Reihen der schwarzen Ritter. Sie gehorchten ihm, wie Moses die Wellen des Roten Meeres gehorcht hatten, und ließen uns durch.

Wir kletterten hinter Malte auf den Feuerstuhl und donnerten davon.

Dilan ritt vor mir im Sattel. Sie mußte sich mit beiden Händen den Hut über die Ohren ziehen, damit er nicht davonflog und sie verriet, und ich mußte sie an mich pressen, damit sie nicht hinunterfiel. Ich spürte ihren Körper an meinen Rippen. Dahinter klopft ja gleich das Herz, kein Wunder, daß mir wieder war, als kriegte ich eins gewischt, einen elektrischen Schlag oder so was. Ach, so könnte ich bis zum Grand Canyon reiten!

Da schoß unser Kietz auf uns zu.

»Kannst du halten und hupen«, schrie ich gegen den Wind, »damit mein Alter aus dem Fenster guckt und vor Staunen mit den Ohren schlackert.«

Kalbsauge bremste. Er brüllte: »Runter, ich muß zurück, gleich fliegen die Mollis.« Wir sprangen ab und dann, was hast du, was kannst du ins Haus.

Ja und nun? Wie weiter? Dilan sah mich fragend an.

Ich nahm sie bei der Hand, wir stiegen die Treppen hinauf, und dann standen wir in der Wohnung.

Dilan sagte kein Wort. Ich glaube, zuerst hat sie gar nicht mitgekriegt, daß sie der fremde Junge war, der sie mit großen Augen aus dem Spiegel anglotzte. Es dauerte eine ganze Weile, bis sie darüber lachen konnte. Da lachte das Spiegelbild auch und riß sich mit einem Ruck den speckigen Hut vom Kopf. Dilan versuchte, den Knoten zu lösen, mit dem ich ihre glänzende Mähne zusammengeschnürt hatte. Vergeblich. Ich mußte die Schere holen. Da kam mir zum ersten Mal der Gedanke, wie Dilan wohl aussehen würde mit geschorenem Haar. Jetzt ringelte es sich wieder bis zur Schulter hinab. Sie teilte es über der Stirn und strich es mit den Fingerspitzen zur Seite, und es war schön, ihr dabei zuzusehen.

»Ich muß fort, Raoul.«

»Die Wohnung ist groß.«

»Ich kann nicht bleiben.«

»Meine Mutter ist in München, und Big Woldi, ihr neuer Mann, ist meistens unterwegs.«

»Er kann der Polizei verraten, daß ich im Hause bin.«

»Das wird er gar nicht erfahren, Dilan. Im Kinderzimmer bin ich mein eigener Herr, und das Bett ist breit genug für zwei.«

Das Mädchen schüttelte den Kopf. Es hätte nichts bei sich, keine Sachen, keine Wäsche.

Verdammt, und das kleine Schwarze von Mutter steckte immer noch im Lumpensack und lag auf der Halde versteckt, wie das Fahrrad auch.

Als ich die Tür meines Kleiderschrankes aufriß, war das keine Angeberei. Dilan sollte sich überzeugen, die Klamotten langten auch für sie. Jede Menge Pullover und Hemden in den Regalen, jede Menge saubere Unterhosen, alles für Jungen. Die Lösung lag auf der Hand. Dilan mußte sich in einen männlichen Menschen verwandeln, jedenfalls für eine Weile.

»Wir müssen deine Locken abschneiden.«

Wieder glitt sie mit den Fingerspitzen durch das Haar und tat, als teile sie keine Strähnen, sondern goldene Fäden oder so was, mit einemmal verzog sie die Nase, als wollte sie losheulen. Bloß nicht das! Ich mußte ihr die Traurigkeit ausreden. Ich glaube, Traurigkeit verbraucht so viel Kraft wie schwere Arbeit.

Ich quatschte sie also voll und erzählte von einem alten Buch, das ich zufällig mal im Bücherschrank von meinem Großvater Parisius gefunden hatte. Kein Doktorbuch mit aufklappbarem Bauch und einer Gebärmutter mit einem hockenden Kind darin, sondern ein wertvolles Werk mit Bildern aus großer deutscher Geschichte, von Hermann dem Cherusker bis zum letzten Kaiser von Deutschland.

Ein Bild gefiel mir besonders gut. Es hatte die Überschrift: »Gold gab ich für Eisen.« In den Freiheitskriegen brauchten die Preußen nämlich eine Menge Geld für Gewehre und Kanonen, weil Napoleon zusammengeschlagen werden mußte. Jeder sollte spenden. Wer sich das leisten konnte, gab seinen Ehering her oder einen Edelstein und andere wertvolle Sachen und legte das Zeug auf einen großen Tisch, das war, glaube ich, der Altar des Vaterlandes. Ein vornehmes Fräulein war so arm, daß es eigentlich gar nichts hergeben konnte, aber auf dem Bild war abgemalt, was der Dame eingefallen war. Sie trat vor den Altar mit dem ersten deutschen Bubikopf und legte ein Ding hin, vielleicht einhundertfünfzehn Zentimeter lang, oben dick und unten spitz, das war ihr Zopf. Und unter dem Bild hieß die Überschrift: »Ferdinande von Schmettau opfert ihr Haar.«

Ich sagte: »Wenn Ferdinande von Schmettau ihr Haar für einen Krieg hergegeben hat, kannst du es opfern für deine Sicherheit.«

Sie hat es schließlich eingesehen. Das Opfer sollte aber erst im Notfall stattfinden. Wir hatten noch ein bißchen Zeit.

Also zeigte ich Dilan die anderen Räume der Wohnung und gab ein bißchen mit der Einrichtung an, ganz neues Wohnzimmer, alles altdeutsch.

Dilan sagte: »Das gibt es nicht in Kurdistan.«

Ich hab ihr erklärt, wie unterschiedlich sich Kultur entwickelt, und dann machten wir einen Plan.

Sobald es möglich war, spätestens morgen früh, wollten wir uns in das Asylantenheim einschleichen und ein paar von Dilans Sachen sicherstellen. Ich brauchte mein Fahrrad wieder und auch den Lumpensack mit Mutters kleinem Schwarzen. Und dann würden wir weitersehen.

Mit einem Mal gähnten wir uns an. Es war längst Schlafenszeit.

Ich fragte: »Kommst du vorher mit zum Baden?«

Schließlich mußte ich Dilan langsam daran gewöhnen, daß sie sich für einen Jungen hielt und sich vor mir nicht zu schämen brauchte.

Sie hat das ganz locker gemacht. Wir stiegen in die Wanne, es war ganz nett. Ich habe hingeguckt, und sie hat hingeguckt. Ich habe schon ein paar blonde Haare überm

Schniepel, sie hatte ein paar dunkle Haare unten am Bauch, das fanden wir beide unheimlich komisch. Natürlich kann man in einer Badewanne nicht rumalbern wie im Großen Pälitzsee, aber ein bißchen kann man es schon.

Ich wollte wissen, ob ich in der glatten Badewanne einen Handstand schaffte, und Dilan leistete gerade Hilfestellung, als es an der Wohnungstür klingelte.

»Big Woldi, verdammt!«

Er kam früher nach Hause als erwartet, und Dilan erschrak. Zum Glück hatte ich von innen zugeschlossen und die Tür mit der Kette gesichert. Ich warf Dilan ein Badelaken über den Kopf, drückte ihr Hemd und Hose in die Hand und schob sie ab ins Kinderzimmer.

»Keine Angst, das kriege ich hin.«

Jetzt schrillte die Klingel Sturm.

»Moment noch, ich komme!«

Tatsache, Big Woldi stand draußen, grimmig, Bulldoggenfalten bis unters Kinn. »Warum läßt du mich warten?«

»Ich war im Bad.«

Er warf einen schiefen Blick auf die Überschwemmung und sagte: »Hier hat wohl eine ganze Schulklasse Wasserspiele veranstaltet?«

Ich antwortete so ehrlich wie möglich: »Wenn ich mich schon mal sauber mache, dann mach ich es gründlich.« Und ich zeigte ihm, splitternackt, wie ich war, zum Beweis die Hände vor.

Big Woldi winkte ab, immer noch kopfschüttelnd.

Da nahm ich allen Mut zusammen. »Kann ich dich mal sprechen, Woldemar?«

Ich glaube, es hört sich angenehm an, wenn ich seinen Namen nenne, denn er lächelte etwas und sagte: »Gut, aber bekleide dich. Ich möchte nicht, daß du mit blankem Hintern auf meinem Sofa sitzt.«

»Okay und also bis gleich.«

Dilan war ins Bett gekrochen, sie hatte sich bis zur Nasenspitze vermummt und lugte mit ängstlichen Augen über den Rand der Decke. »Hat er was gemerkt?«

Ich schüttelte grinsend den Kopf und suchte ein frisches Hemd heraus. »Warte einen Augenblick, Dilan. Ich bin gleich zurück.«

Meine Mutter ist eine so feine Frau, daß ich nicht mal bei großer Hitze mit nacktem Oberkörper an der Tafel sitzen darf, und Big Woldi hat keine Genehmigung, abends im Turnzeug aufzutreten. Meine Mutter sagt, sie wäre lange genug mit einem Traktoristen verheiratet gewesen, einem geistlosen Muskelprotz, damit ist mein echter Vater gemeint. Sie wünscht einen kulturvollen Umgang nach Feierabend, deshalb glaub ich ja auch nicht, daß sie sich noch auf das Sofa werfen läßt, um mit Big Woldi zu ringen und zu keuchen. Er muß den feinen Mann spielen, immer wie aus dem Ei gepellt.

Aber jetzt war die Hausordnung abgeschafft. Big Woldi lümmelte mit offenem Hemd im Sessel, kein Haar auf dem Kopf, kein Haar auf der Brust, und er hatte die Füße auf dem Couchtisch gekreuzt, graue Socken, Löcher darin, wie Fünfmarkstücke groß. Kein schönes Bild und kein schöner Geruch. Er sagte: »Marscherleichterung«, und dann: »Was gibt es?«

Ich sagte: »Die Schweinerei im Bad tut mir leid. Ich könnte nachher aufwischen.«

»Der Vorschlag gefällt mir«, meinte Big Woldi. »Du entwickelst dich.« Und er hätte mir ja schon einmal erklärt, daß wir Selbständigkeit trainieren müßten. Bei diesen Worten zog er sich die Socken von den Füßen, betrachtete angewidert die vielen Lüftungslöcher darin und sprach: »Dennoch habe ich keine Lust, mit einer Stopfnadel zu hantieren.«

Er warf die Socken in den Papierkorb neben dem altdeutschen Schreibsekretär.

»Stopfen mag ich auch nicht«, sagte ich, »aber ich könnte mein Kinderzimmer ganz allein sauberhalten, Staub wischen, Betten schütteln und so weiter. Ich kann auch den Küchendienst übernehmen, also den Mülleimer ab und zu runtertragen. Ich nehme an, daß du mit Wohnzimmer und Schlafzimmer genügend Arbeit hast.«

Er hörte aufmerksam zu. »Ja«, sagte er mutmacherisch, »nur weiter«.

Da fragte ich lauernd: »Warum teilen wir uns eigentlich nicht die Wohnung, eine Seite ich, eine Seite du? Keiner redet dem anderen rein.«

Das rührte ihn irgendwie. »Wärst du vierzehn, Raoul«, sagte er, »würde ich mit dir Brüderschaft trinken, denn du kommst mir entgegen wie ein Freund.«

Bei diesem Lob kam ich mir ein bißchen schäbig vor. Big Woldi konnte nicht wissen, daß mein Angebot mit Hintergedanken gespickt war. Ich wollte mir den Mann nur wegen Dilan vom Leibe halten.

Jetzt bat er mich sogar um einen Freundschaftsdienst. Ob ich für ein paar Tage die gesamte Wohnung hüten könnte? Ich hielt die Luft an.

Er hätte seit heute abend einen neuen Job und müsse ihn antreten, ganz auf die Schnelle, schon morgen früh.

Weil ich vor Begeisterung nicht losbrüllen konnte, traten mir ein paar Freudentränen in die Augen.

Er tätschelte meine Wange und sagte: »Glaub mir, es ist nur für kurze Zeit, mein Freund, und ich lasse dich ungern allein. Willst du also auf mich warten, oder soll ich dich zu deinen Großeltern Parisius fahren?«

Um Gottes willen, nein. Ich schüttelte den Kopf. Am liebsten hätte ich einen Freudentanz aufgeführt. Ein paar Tage sturmfreie Bude, ein paar Tage Sicherheit für Dilan. Es muß doch jemanden geben dort droben, der es gut meint mit Raoul Habenicht. Vielleicht sollte ich mal wieder in eine Kirche gehen. Am besten in Pälitzhof, wo der Pastor in abgewetzten Jeans herumrennt und die Orgel so verstimmt ist, daß man nur sehr alte Lieder darauf spielen kann. Vielleicht werde ich ein paar Mark für die Restaurierung in den Opferstock legen. Ich bat Big Woldi um etwas Haushaltsgeld.

Er vertraute mir hundert Mark an, und ich war so erfreut, daß ich gar nicht nach Einzelheiten seines neuen Jobs fragen konnte. Soviel ich verstanden habe, will ein Unternehmen aus den alten Bundesländern ganz groß in den ostdeutschen Sarghandel einsteigen und braucht dazu eine Fachkraft wie Doktor Lengefeld vom Außenhandel.

Ich versprach ihm in die Hand, die Wohnung für drei

Tage zu beaufsichtigen und meiner Mutter, falls sie anrief, den Sarghandel zu verschweigen. Er wollte ihr selber erklären, warum dieses Geschäft im Osten boomt oder so.

Am nächsten Morgen verließ er in aller Frühe das Haus.

Ich bin fast dreizehn und ein Scheidungskind. Was Traurigkeit heißt, wußte ich schon lange, aber was Glück ist, weiß ich nun auch. Es ist eine Menge von guten Sachen, die zusammenkommen. Je mehr gute Sachen, desto größer das Glück. Wer das meiste hat, ist ein Glückspilz. Kein schlechtes Zeugnis, Ferien, Mutter mit dem scharfen Auge in München, Big Woldi wegen Särgen unterwegs, Dilan bei mir. Es gab unwahrscheinlich viel, worüber ich mich freuen konnte.

Ich versuchte, treppabwärts vier Stufen auf einmal zu überspringen, überschlug mich beinahe vor Zufriedenheit und rannte schließlich, zick, zack, zwischen den Autos quer über die Straße hin bis zum Bäckerladen neben dem Zeitungskiosk.

Ich glaube, Fröhlichkeit steckt an. Kaum hatte ich den Laden betreten und vier Brötchen verlangt, da wurde die Verkäuferin lustig und zwitscherte: »Du freust dich ja so, mein Kleiner.«

Kleiner hätte sie nicht sagen sollen. Ich blätterte ihr den Hundertmarkschein hin. Da hatte sie zu tun, mir achtundneunzig Mark und achtzig Pfennig herauszugeben. Ich sagte: »Danke schön.« Kleine Verbeugung, raus aus der Tür, die Glocke bimmelte mir ein fröhliches Bingbong hinterher, aber dann las ich, was mir am Kiosk von der

Titelseite einer Zeitung ins Auge sprang, und wußte mit einem Mal, warum eine dicke Überschrift Schlagzeile heißt.

Es war, als hätte mir jemand einen Knüppel über die Rübe gehauen. »Brandnacht in Oststadt«. Dilan und ich waren also in letzter Minute davongekommen.

Ich las: »Fanatisierte Glatzköpfe überfallen Asylantenheim. Zuschauer klatschen Beifall.«

Der Bericht war von unserem Mitarbeiter Doktor Fleischhacker geschrieben. Der Innenminister hätte zur Beruhigung der Einwohner alle Ausländer fortschaffen lassen, an einen unbekannten Ort. Vielleicht hatte der Innenminister gedacht, wo kein Ausländer ist, kann keiner zusammengeschlagen werden. Wo ein Haus abgebrannt ist, braucht keiner mehr Feuer zu legen.

Ich dachte gerade, so kinderleicht geht Politik, aber ich als Kind würde sie anders machen, da haute mich schon wieder eine Schlagzeile um:

»Zwölfjähriges Mädchen nach Überfall vermißt. In wessen Händen befindet sich Dilan D.?«

Sie ist bei mir, Mensch. Sie wartet auf die Brötchen. Ach, wenn das Doktor Fleischhacker wüßte oder die Glatzen oder die Polizei! Aber das ist mein Geheimnis. Niemand wird es mir aus der Brust herausreißen. Ich hatte keine Angst mehr, sondern ein unheimlich gutes Gefühl im Bauch. Ich tanzte wie ein Hampelmann durch die hupenden Autos hindurch auf die andere Straßenseite. Dabei hüpfte ich von einem Bein auf das andere und sang:

»Heute back ich,
morgen koch ich,
übermorgen fahre ich mit Dilan
zu meiner Großmutter nach Pälitzhof.
Ach, wie gut, daß niemand weiß,
daß ich Rumpelstilzchen heiß.«

Ein Autofahrer hielt mit kreischender Bremse und zeigte mir einen Vogel. Ich verbeugte mich höflich, sprang mit einem Satz auf den Bürgersteig und schwupp, war ich im Haus verschwunden.

Aber dann kam der Hammer.

Als wir in der Küche gerade an unserem Frühstück mampften, Butterbrötchen, jede Menge Honig, eine große Tüte Milch, klingelte es wieder einmal Sturm. Dilan hob die Augenbrauen und machte Fragezeichenaugen. Ich zog die Schultern hoch und die Mundwinkel runter, was in Taubstummensprache »Keine Ahnung« heißt.

»Moment, ich schaue nach.«

Früher mußte man umständlich die Tür öffnen und jeden, der geklingelt hatte, aus Höflichkeit hereinlassen oder wenigstens »Ja bitte?« fragen, aber jetzt haben wir uns ein Ding montieren lassen, so eine Art Minifeldstecher, von innen nach außen. Wer hindurchlinst, bleibt im Dunkeln, erkennt aber im Augenblick, welchen Menschen er draußen vor der Tür stehen lassen sollte. Das ist ein Fortschritt.

Zuerst erspähte ich ein häßliches rosa Ohr, das mit einem Ring geschmückt war, dann einen kahlgeschorenen

Schädel und zuletzt zwei Kalbsaugen am Stiel. Es sah aus, als wollten sie sich von außen nach innen durch die Optik bohren. Beinahe wäre ich zurückgesprungen. Maltes Gesicht wirkte so verquollen und verzerrt, daß es einen ziemlich blöden Eindruck auf mich machte.

Den lass' ich auf keinen Fall in Dilans Nähe. Erst wollte ich ein feines Stimmchen machen, wie der Wolf, als er die Kreide gefressen hatte, weil er den sieben Geißlein weismachen wollte, daß er ihre Mama wäre. Ich hätte durch den Briefkastenschlitz flöten können: »Ich bin die Oma. Niemand zu Hause.«

Aber die Taktik kam mir nicht männlich vor.

Dilan schlich auf leisen Sohlen näher. »Wer ist das?«

»Kalbsauge.«

Dilan krallte ihre Fingerspitzen in die Lippen. »Gottes willen! von den Brandstiftern einer.«

Ich zischte: »Ich geh mit dem runter auf die Straße. Mal sehen, was er will.«

Sie fiel mir um den Hals und schmuste mit ihrer Wange an meiner. »Tu es nicht!«

Da wurde ich unheimlich mutig und zischte: »Wenn die Gefahr vorüber ist, klingle ich dreimal kurz, dreimal lang, dreimal kurz. Nur dann machst du auf. Am besten, du steigst auf die Fußbank, damit du mit einem Auge an die Linse reichst. Also nur, wenn du das Morsezeichen hörst, nur wenn du mich erkennst, darfst du öffnen.«

»Ich habe Angst, Raoul.«

»Zisch ab«, das flüsterte ich, so lieb ich konnte, und sie gehorchte.

Wieder das Klingeln.

Wieder ran an die Optik. Kurzer Durchblick. Wieder das rosa, ringgeschmückte Ohr.

Ich schloß auf und trat Malte mutig entgegen. Die Wohnungstür ließ ich absichtlich hinter mir ins Schloß krachen.

Dann rief ich: »Schiete!«

Malte wollte in die Wohnung. Ich redete langsam und deutlich, wie zu einem Schwerhörigen. Ich hätte mich soeben versehentlich ausgesperrt und müßte auf meine Mutter warten. Sie käme bald vom Einkauf zurück.

Malte wiegt beinahe soviel wie ein Zweizentnermann. Er packte mein Hemd und drehte daran, als wollte er einen Wischlappen auswringen. So zog er mich an sich. Er bedrohte mich mit hoher, quäkiger Stimme: »Nicht frech werden, Lengefeld.«

Mir wurde die Luft knapp. Ich keuchte: »Habenicht, Habenicht.«

Über diesen Namen mußte er feixen. Er ließ mich frei.

»Aber du wohnst bei Lengefeld?«

Mit seinem harten Griff hatte er mir das Hemd aus der Hose gezerrt. Ich stopfte es hinter den Gürtel zurück und erklärte meine Beziehung zu Doktor Lengefeld: »Also, das ist der Mann meiner Mutter, aber ich bin nicht verwandt mit dem Herrn und heiße nach meinem echten Vater, von dem wir leider geschieden sind.«

»Aha.« Er hatte kapiert, glaube ich, und war auch sonst nicht ganz so dumm, wie er aussah.

Er hätte jede Menge Brechzeug unten im Werkzeugkasten des Feuerstuhls. Wenn ich nicht auf meine Mutter warten wolle, könne er mit einem Stemmeisen rüberkommen, kleiner Ruck, kleiner Zuck und peng, die Tür springt auf.

»Lieber nicht.« Ich dankte und stieg treppab, nicht mehr so fröhlich wie am frühen Morgen.

Kalbsauge wuchtete hinter mir über die Stufen, lärmend wie ein gestiefelter Elefant. Ich dachte, das Haus müßte zusammenstürzen.

Draußen am Bordstein stand seine Maschine, und dahinter parkten zwei eiserne Gäule, die mit je einem schwarzen Ritter besetzt waren, enges Lederzeug, allerlei silbriges Kettengebammel. Ich hab ja schon von ihrer fetzigen Uniform erzählt.

Die Männer musterten mich schweigend vom Schuh bis zum Igel, als wollten sie irgendeine faule Stelle finden, und kauten ihren Gum dazu.

Da hätte ich auch gerne was zwischen den Zähnen gehabt und suchte mit der Zunge, fand aber nirgends einen Rest. Also spuckte ich angeberisch auf das Pflaster, das hatte ich mal in einem spannenden Film gesehen. Ich grinste ihnen frech ins Gesicht und sagte: »Eh!«

Malte stieß mir die Faust in den Rücken. »Das ist er.«

»Der ist ja so klein«, meinte einer der Ritter verächtlich.

»Aber fix ist er«, sagte Kalbsauge und schwärmte von mir wie von einem Mädchen. »Kann sich durch die kleinste Lücke zwängen, hat sich eingeschlichen in das Asylantenheim, hat den Spannemann gemacht, hat uns rechtzeitig vor den Bullen gewarnt.«

Der andere nickte. »Ein Kleiner ist vielleicht gar nicht verkehrt.«

Dieser Mann war mindestens siebzehn. Er trug seinen Helm im gewinkelten Arm und winkte mich zu sich.

Na, ich latschte mal rüber, so lässig ich konnte.

Der schwarze Ritter sagte: »Ein Mädchen ist verschwunden. Wahrscheinlich von den Asylanten selber gekidnappt. Vielleicht haben sie es umgebracht. Vielleicht halten sie es in einem Loch gefangen. Aber uns soll das Verbrechen angehängt werden. Wir müssen das Mädchen finden, tot oder lebendig. Und dazu brauchen wir dich.«

Ich war so platt, daß ich nicht einmal den Kopf schütteln konnte.

Malte sagte: »Durch meinen Vater wissen wir, wo der Innenminister die verdammten Asylanten versteckt hat. Ehemalige Kaserne am Waldrand, paar Kilometer vor der Stadt. Rund herum ein Zaun aus Eisenstäben. Heute nacht muß das Nest ausgespäht werden. Das machst du.«

Vor Schreck kriegte ich den Mund nicht wieder zu. Ich glaube, so was nennt man die Maulsperre.

»Etwa keine Lust?« fragte Malte, und die beiden anderen stiegen aus den Sätteln. Sie standen zu dritt um mich herum, drei Große um einen Kleinen, und machten sich einen Spaß. Der eine stülpte mir plötzlich das Riesending von einem Helm über den Kopf. Er rutschte mir bis auf die Schultern. Ich wollte das Ding wieder loswerden und hampelte und strampelte. Wahrscheinlich sah ich aus wie ein Monster aus Disneyland.

Die Männer brüllten vor Lachen.

Malte befreite mich endlich. Er sagte: »Du brauchst nur das gleiche wie gestern zu machen. Du schleichst dich an und schleichst dich ein. Vielleicht findest du das Mädchen in irgendeinem Kellerloch. Mein Vater hat ein Bild gekauft von einem türkischen Händler.« Er zeigte es mir. Es war Dilan.

Morgen sollte das Bild in die Zeitung. Wer hat das Mädchen zuletzt gesehen und so weiter.

Ich hab sie zuletzt gesehen. Ich will so schnell wie möglich rauf zu ihr. Und nun verlangen die auch noch, daß ich den Spion spielen soll. Ach, hätte ich dieses Kalbsauge bloß vor der Tür gelassen. Hätte ich mich doch totgestellt nach dem Blick durch die Optik. Ich dachte eine Menge Zeug auf einmal. Ich überlegte, daß der Mensch unheimlich viel mit einem einzigen Blick sehen kann, ein sehr großes Stück von der Welt, jedenfalls bei gutem Wetter. Ich hab mal von hinter dem Bodensee bis zu den Bayerischen Alpen gesehen, Häuser und Dörfer und den Himmel noch dazu. Man kann den Blick aber auch so klein machen, daß er sich durch die winzige Linse an der Wohnungstür zwängt. Das menschliche Auge ist ein Wunder der Natur, sagt Doktor Parisius. Aber ich bin bestimmt nicht so wunderbar, daß ich mich zwischen zwei Zaunstäben hindurchquetschen kann, als Mensch und als Spion und so weiter. Und ich will mich auch nicht so klein machen, bloß weil die schwarzen Ritter es von mir verlangen.

Der mit dem Helm im gewinkelten Arm legte mir seine Hand auf die Schulter. Er sagte: »Du bist einer von uns.«

Dabei blickte er mir in die Augen, als sollte ich die Schwurhand heben.

Ich dachte, wäre ich fünfzehn und ein bißchen größer und ein bißchen stärker, dann würde ich mit dem Zeigefinger an meine Stirn tippen, dann würde ich sagen: »Ihr müßt doch vom Affen gebissen sein. Ihr müßt ein mächtiges Ding zu laufen haben. Ihr habt eine Meise oder so was Ähnliches.« Aber ich kriegte keinen Ton heraus. Kann sein, daß einem erst der Bart wachsen muß, bevor der Mut zu wachsen anfangen kann. Ich hatte keinen.

Ich habe nicht ja gesagt, ich hab nicht nein gesagt, aber in meiner Verzweiflung habe ich ziemlich verbissen genickt.

»Also«, sagte der mit dem Helm im gewinkelten Arm, »wir holen dich ab. Wir klingeln Punkt neunzehn Uhr.«

Mit einem Mal sagte Malte: »Übrigens, wo steckt dein kleiner Freund?«

Mutig bin ich nicht, aber schlagfertig schon. Mir fiel sofort etwas ein. »Auf Gran Canaria«, brummte ich.

Und ich hätte mich am liebsten dorthin gewünscht, wo der Pfeffer wächst, das ist Indien, glaube ich, oder noch weiter hinten. Lieber in China als in Mecklenburg-Vorpommern, wo ich mich so klein machen sollte, daß ich zwischen zwei Zaunstäbe paßte.

3

Die haben lange klingeln können um neunzehn Uhr.

Schon am Nachmittag radelten zwei Jungen die Landstraße F96 entlang. Der eine von ihnen war sehr hübsch und sah aus, als wäre er gerade vom Urlaub aus Gran Canaria zurückgekommen, der andere war ein bißchen größer, trug eine Nickelbrille und machte ebenfalls einen sehr guten Eindruck. Das waren Dilan und ich.

Wegen der vielen Autos, die uns jeden Augenblick mit schlingernden Reifen überholten oder uns entgegenzischten, konnten wir leider nicht nebeneinander fahren und miteinander quatschen. Die Autos stanken, die Sonne schmiß mit Hitze geradezu um sich, und wären wir nicht auf der Flucht gewesen, hätten wir uns dort, wo ein Baum stand und ein bißchen Schatten machte, in den Straßengraben geworfen und gepennt.

Ich fuhr voraus, und Dilan folgte. Weil ich nicht mit ihr reden konnte, dachte ich vor mich hin.

Ich dachte, daß Bergtürke für die Kurden ein Schimpfwort ist, aber Kümmeltürke ist sicher was anderes. Wir hatten jedenfalls wie die Kümmeltürken arbeiten müssen, ehe wir uns auf den Weg machen konnten.

Der Kahlschlag auf Dilans Kopf war noch das Wenigste gewesen. Sie hatte es ja eingesehen, wegen des Bildes, das morgen in der Zeitung sein sollte. Und es war gar nicht so schwer. Ich sagte: »Setz dich«, und sie hockte sich dem Flurspiegel gegenüber brav auf den Schemel. Ich stellte mich hinter sie, schlang mir das lange Haar wie ein dickes Seil um die Hand und zerrte, damit es einen Zugzwang hatte und sich ritsch, ratsch leicht vom Haupt abtrennen ließ. Sie wollte nämlich auch einen Igel haben. Es ist mehr ein Punkerverschnitt geworden, sah aber ganz niedlich aus.

Klamotten teilen und packen war auch nicht schlimm. Am schwierigsten war es mit der Fahrgelegenheit. Ich mußte mein Rad auf der Halde suchen und habe es tatsächlich gefunden, den Lumpensack ebenfalls. Ich kramte nur das kleine Schwarze von Mutter heraus, falls Dilan irgendwann einmal ein Kleid überziehen mußte. Das andere Zeug ließ ich liegen. Aber das Rad brauchte ich dringend, weil ich aus dem Keller unseres Hauses auf keinen Fall zwei Fahrräder klauen wollte. Das gute Gewissen ist wichtig, deshalb habe ich das Kellerschloß so einwandfrei geknackt, daß es die Leute wieder benutzen können. Sie heißen Bohnsack und sind ziemlich alt. Ein Auto besitzen sie nicht. Beide sind Radfahrer. Das Damenfahrrad habe ich mitgenommen, dafür aber eine gute Nachricht zurückgelassen.

Die Kriminalpolizei durfte mir nicht auf die Schliche

kommen, deshalb mußte ich meine Handschrift verstellen. Das war das schwerste Stück Arbeit.

Ich schrieb: »Liebe Frau Bohnensack. Rat aus Nod vorübergehend gestohlen. Kommd dämnechst zurück, in guden Zuschtant.

Der ährliche Dieb.«

Auf diese Mitteilung war ich stolz, auch Dilan fand sie stark. Selbst Columbo würde nach dem Rad von Frau Bohnsack nicht in Mecklenburg-Vorpommern ermitteln, sondern weiter unten in Sachsen.

Ha, die hatten lange klingeln können neunzehn Uhr. Um diese Zeit hatten wir die verdammte Oststadt längst hinter uns gelassen, aber es war noch weit bis zu unserem Ziel. Ein Fahrrad ist nicht so fix wie ein Auto, und ich hatte mir gleich gedacht, daß wir es an einem Tag nicht schaffen würden und im Freien übernachten müßten.

Zum Glück war mir eingefallen, daß wir mal zwei Schlafsäcke in irgendeinem Koffer eingeschlossen hatten. Sie stammten, glaube ich, von früher her, als meine Mutter meinen echten Vater noch so geliebt hatte, daß sie mit ihm zum Camping bis nach Rügen gestrampelt war. In einem einzigen Schlafsack kann man zur Not mit einer Katze übernachten, aber leider nicht mit einem Mädchen, deshalb mußte ich beide Schlafsäcke mitnehmen.

Dilan trat tapfer in die Pedale und lächelte, als ich mich nach ihr umsah. Aber sie hatte Schatten unter den Augen, das kommt vor, wenn sich der Mensch überanstrengt. Wir waren bestimmt schon fünfundzwanzig Kilometer gefahren oder dreißig sogar. Genug für heute, dachte ich, hob die Hand und zeigte nach rechts.

Neben der Straße zog sich ein Feld hin, Weizen oder was anderes mit Körnern, ziemlich gelb. Und hinter dem Feld stand der blaugrüne Wald, und dahinter hatte sich bestimmt ein kleiner See versteckt, der so blank war, daß sich der Himmel darin spiegelte. Jedenfalls kam es mir vor, als flirrte das Abendlicht über den Bäumen. Da war auch ein Weg zu den Birken hin, breit genug, daß wir endlich Seite an Seite fahren und miteinander quatschen konnten.

Ich winkte Dilan neben mich, aber wir redeten nicht, wir grinsten uns an, und mir war wieder so komisch im Bauch. Bei meiner Oma Habenicht war ich lange nicht zu Besuch gewesen, und meine Mutter lernte auch schon eine Weile an einem blöden Computer, der in München stand. Eine Katze durfte ich im Hochhaus nicht halten. Ich hatte also nicht mal ein Tier, das ich gern haben konnte. Vielleicht mochte ich deshalb Dilan so sehr.

Nach einer Weile hatten wir den See gefunden. Kein Auto am Ufer, kein Motorrad, keine Leute, die ihre dicke Brust oder ihren Bauch in der Abendsonne wälzen wollten. Kein Radiogeheul, kein Zigarettenqualm, bloß Wasser und ein grün bewachsener Strand. Mecklenburg-Vorpommern ist, glaube ich, das einzige Land in der Welt, wo der Mensch noch einen ganzen See für sich alleine haben kann. Dilan und ich wollten ihn gern miteinander teilen.

Wir warfen unsere Räder gegen ein Gebüsch, die Kleider gleich dazu, zack, zack, und schmissen uns ins Wasser, balgten und bespritzten uns und schrien beide vor Begeisterung, weil das Leben auf einmal so unheimlich schön war. Dann haben wir irgendwas gemampft, und später haben wir lange auf einem Steg gehockt, den sich ein Angler zusammengekloppt hatte, wahrscheinlich vor der Wende, er war schon wacklig und trug uns beide gerade noch.

Fernsehen brauchten wir nicht, weil so vieles von nahem zu betrachten war. Das Schilf rechts und links von uns, die Bleßhühner, die sich herumzankten, die Ente, die mit ihren Jungen zum Nest schwamm, und der Haubentaucher, der einen glitzrigen Fisch im Schnabel hatte. Bald wurde es dunkel. Die Büsche standen finster herum, über den schwarzen Bäumen am anderen Ufer glomm noch ein bißchen Himmelslicht, und der See schimmerte in der Dunkelheit wie das Zeug, mit dem die echten Muscheln ausgelegt sind, was, glaube ich, Perlmutter heißt. Aber das Stärkste war der Mond, als er mit einem Mal aufging. Er sah wie die Orange aus, die mir Dilan einmal zugeworfen hatte, bloß größer natürlich. Und ich schnüffelte, weil es mir vorkam, als ob der Mond nach etwas Süßem duftete. Kann aber sein, daß irgendwo eine Linde blühte. Und weil ich froh war, daß ich nicht alleine in der Gegend herumsitzen mußte, legte ich meinen Arm um Dilan. Sie kuschelte sich an mich.

Als es am Wasser kühl geworden war, krochen wir bis zum Hals in unsere Schlafsäcke. Wir lagen auf dem Rücken, die Hände hinter dem Kopf verschränkt, und starrten hinauf in das unheimlich große finstere Loch, wo Gott wohnen sollte. Und vielleicht zwinkerten die vielen

Sterne so freundlich, damit wir uns nicht fürchten mußten.

»Siehst du den Großen Wagen, Dilan?«

»Ich kann ihn sehen.«

»Such dir den obersten Deichselstern.«

»Ich hab ihn, Raoul.«

»Und gleich darüber das Ministernchen. Es heißt Reiterlein.«

»Seh ich auch.«

»Dann darfst du in den Krieg ziehen, Dilan.«

»Ich will aber nicht.«

Da lachte ich leise und erzählte ihr was. »Ganz früher, weißt du, als es überall noch Könige gab, hatten sie nirgends einen Augenoptiker. Oder hast du mal ein Bild von Maria und Josef gesehen, auf dem sie eine Nickelbrille tragen?«

Hatte sie nicht.

»Wenn nun ein König Krieg machen wollte, wie sollte er herausfinden, ob die Soldaten gute Augen hatten?«

Wußte sie nicht.

»Er wartete, bis es Nacht war, zeigte seinen Soldaten den Deichselstern und fragte scharf: ›Was siehst du noch?‹ Wer das Reiterlein entdeckte, durfte zu den Bogenschützen.«

»Ich hör dir so gerne zu, wenn du mir Quatsch erzählst.« Dilan kicherte.

Aber das mit der Augenuntersuchung im Altertum war überhaupt nicht zum Lachen. Ich hatte darüber in einem wertvollen Buch gelesen.

»Ganz ohne Quatsch«, sagte ich. »Hattet ihr eigentlich mal einen König in Kurdistan?«

Hatten sie. Einen Kurden, der viel mehr als ein popliger König war, nämlich Saladin, Sultan von Ägypten und ganz Arabien. Dilan schwärmte, der Mann hatte die Kreuzritter aus Jerusalem hinausgejagt.

Jetzt wollte ich es genau wissen. »Und du?« fragte ich, »stammst du von Sultan Saladin?«

»Wie kommst du darauf?«

Ich sagte: »Du bist so schön, Dilan, und du hast ein Geheimnis. Wo kommst du her?«

Dilan erzählte:

»Als ich an Mutters Bett saß und ihr den Schweiß von der Stirn tupfte, damals, ein paar Stunden vor ihrem Tod, hat sie geflüstert, ich solle ihr das Kästchen holen, in dem die wichtigsten Dinge aufbewahrt wurden, Ausweise, die Aufenthaltserlaubnis, ein bißchen Geld. Meine Augen waren von Tränen blind, und ich mußte lange suchen, bis ich es fand. Mutter öffnete es und nahm ein seidenes Kopftuch heraus, das auf dem Boden der Schatulle gelegen hatte. Es war an der Stirnborte mit einem Schmuck verziert, feinen goldenen Blättchen, und ist seit einer Ewigkeit in der Familie von der Mutter an die Tochter gegangen. Nun sollte ich es tragen.

Dann hat mir die Mutter ein paar vergilbte Fotos gereicht und zuletzt einen schweren Ring mit einem Edelstein, viel zu groß für eine Mädchenhand.

Ich konnte kaum verstehen, was Mutter wisperte:

›Dein Vater hat dich verlassen, aber eines Tages wirst du

zurückkehren können nach Kurdistan, dann wird dich dieser Ring zu meiner Familie führen. Präg es dir ein: Du bist die Enkeltochter von Riza Selman.‹«

Dilan raschelte ein bißchen mit ihren Kleidern, und dann zeigte sie mir den Ring, den hat sie an einer Schnur um den Hals getragen. Der Edelstein war groß wie eine Haselnuß, und er funkelte wie ein Stern in der Nacht.

Dilan küßte ihn.

Da hab ich versucht, im Dunkeln ein leuchtendes Auge zu machen, aber mich hat sie nicht geküßt.

Ich fragte: »Wer war Riza Selman?«

»Mein Großvater, ein Aga, ein reicher Grundbesitzer.«

»Also doch ein Fürst. Das hab ich geahnt.«

Dilan erzählte weiter: »Mein Großvater Selman war zufällig in der Nähe, als es eines Tages in den Bergen zu einem Gefecht zwischen kurdischen Freiheitskämpfern und der türkischen Miliz kam. Er wollte seine Herde in Sicherheit bringen, da kamen die Soldaten. Er hat die Arme hochgerissen und gerufen: ›Ich bin unbewaffnet.‹ Aber er war ein Kurde. Sie haben ihn getötet und in eine Reihe mit den erschossenen Rebellen gelegt. Das Bild war in der Zeitung. Seit damals zählt die Familie Selman zu den Rebellen und wird verfolgt, und deshalb hat meine Mutter fliehen müssen.

So, nun weißt du beinahe alles«, sagte Dilan, »und nun weißt du auch, warum ich noch nicht zurückkehren kann in die Türkei.«

Dilan tat mir unheimlich leid.

Ich starrte hinauf zum Großen Wagen. Mit einem Mal

blinzelte der letzte Deichselstern, auch das kleine Reiterlein. Kann aber sein, daß ich in jedem Auge eine Träne hatte, daß ich es war, der zwinkerte. Ich langte hinüber und nahm Dilans Hand, hielt sie ganz fest in der meinen, und dann habe ich gute Nacht gesagt.

Die neuen Bundesländer sind in Deutschland längst nicht so bekannt wie die alten, deshalb gibt es so viele Irrtümer. Manche Leute denken, Mecklenburg-Vorpommern wäre flach wie ein Kuchenbrett. In Wahrheit gibt es viele Berge, weil die Eiszeit überall ihre Haufen hingesetzt hat und manchmal ziemlich große. Deshalb nennt sich eine Landschaft bei uns die Mecklenburgische Schweiz.

Das ist eine Übertreibung. So hoch wie die Alpen sind unsere Berge nicht. Trotzdem machten sie Dilan und mir zu schaffen. Ein paar Kilometer von Klein-Begerow mußten wir runter von den Rädern und schieben, keuchen und schwitzen, 'ne kleine halbe Stunde bergan und immer gegen die Sonne. Manchmal kam es mir vor, als zischte sie uns ins Gesicht, wie die blaue Flamme von einem Schweißbrenner. Das kann ziemlich gefährlich werden.

Ich hatte mal in einem wertvollen Film gesehen, daß ein paar Leute durch die Wüste mußten und vor lauter Sonne keine Gegend vor den Augen hatten, sondern nur noch ein gleißendes Kreuz, und hinterher kommt meistens die Fata Morgana. Die Menschen bilden sich ein, daß sie sich am Ufer eines Tümpels niederwerfen und endlich Wasser trinken können, und dann beißen sie in den Sand. Das ist ziemlich enttäuschend.

Ganz so schlimm war es bei uns noch nicht, aber geblendet waren wir schon und durstig auch, und ich hatte eine Stinkwut auf einige Autofahrer, weil sie beim Vorüberrasen immer nur leere Cola-Büchsen aus dem Fenster schmissen und niemals eine volle. Und keine sauren Drops, sondern nur das klebrige Papier, in das sie eingewickelt waren.

Als wir die Höhe endlich erschoben hatten, wurden wir mit einem schönen Überblick belohnt. Die Aussichten waren so gut, daß wir an der Böschung Rast machten, um uns ein bißchen umzusehen und auszuruhen.

Die Landstraße schwang sich vom Hügel und zerteilte die Gegend in zwei Hälften. Die linke Seite war aus lauter Wald zusammengesetzt und also sehr grün, und die rechte Seite sackte ab bis zu einem See hinunter, der blau war und so groß, daß er eine ganze Insel umspülen konnte. Dieser See hieß die Laabs, und hinter der Laabs standen Weidenbäume, die versteckten unter ihren Kronen Klein-Begerow, das Dorf, in dem mein Vater Heiner wohnt. Wir hatten es also gar nicht mehr weit und würden uns bergab den Fahrtwind um die Ohren fauchen lassen können.

Aber erst einmal schauten wir ins Land. Mein Vater hatte erzählt, in alter Zeit habe vom Ufer der Laabs bis zur Insel hinüber eine Pfahlbrücke geführt, breit genug, daß sich zwei Ochsenkarren begegnen konnten. Und auf der Insel habe Schön-Rethra gelegen, das wunderbare Heiligtum der Slawen. Aber dann kam Heinrich der Löwe mit seinen Reisigen über die Elbe geritten, alle mit schwarzem Leder gewappnet und wahrscheinlich mit klirrigem Zeug geschmückt, damit es auch ordentlich rasselte. Das muß um die Zeit gewesen sein, als Sultan Saladin die Kreuzritter aus Jerusalem rausgeschmissen hat. Aber die Slawen hatten leider keinen starken Sultan, und ihre Stadt war aus Holz erbaut. Damals gab es noch keine Molotowcocktails und nicht mal Streichhölzer, trotzdem wurde Schön-Rethra niedergebrannt.

Das erzählte ich Dilan, und dann haben wir uns Gedanken gemacht, wie lange schon abgefackelt wird und warum. Ich glaube, Heinrich und die alten Deutschen aus dem Westen bildeten sich ein, sie wären was Besseres als die alten Mecklenburger und haben ihnen die Hölle heiß gemacht. Und heutzutage denken die Türken, sie wären was Besseres als die Kurden und brennen ihnen die Dörfer ab. Und die Deutschen denken nun wieder, daß sie was Besseres als die Türken oder Rumänen wären. Und alle zusammen bilden sich ein, daß sie wertvoller als die Zigeuner sind, weil dieses arme Volk keine Wasserspülung kennt oder das chemische Klosett und leider, wie vor tausend Jahren, in die Büsche scheißt. Deshalb wird es gehaßt, und wegen dem Haß wird wie vor tausend Jahren abgefackelt, in Rumänien und in Kurdistan und in der Oststadt.

Als wir so hin und her quatschten, fiel mir ein, daß Malte in seiner Faulheit schon zweimal sitzengeblieben war. Vielleicht haßt er die Ausländer aus lauter Blödheit. Das könnte sein.

Ich erzählte Dilan von dem klügsten Mann, den ich kennengelernt hatte. Das war mein Großvater Habenicht, ein Naturmensch. Leider ist er gestorben. Aber vorher hatte er mir etwas Unheimliches über die Chinesen verraten: Dieses sehr alte, wertvolle Volk war eine Zeitlang so vernagelt, daß es keinen Spatzen im Riesenreich der Mitte duldete, sondern diese kleinen Vögel als Volksschädlinge beschimpfte und alle miteinander totschlug. Die Chinesen hatten Angst, die Spatzen könnten ihnen ihre Ernährung wegfressen, und mein Großvater hatte gesagt, das Schlimmste sind die Übertreibungen. Sie entstehen, wenn sich die Dummen begeistern.

Dilan sagte: »Der Haß auf Leute, die anders aussehen als man selber, ist so dumm wie der Haß auf Sperlinge. Der Haß muß ausgerottet werden. Aber wie macht man das?«

Da dachte ich, wenn ich ein bißchen älter bin und fertig mit der blöden Pubertät und endlich einen Bartwuchs und eine tiefe Stimme habe, und wenn mich Dilan dann immer noch mag, werde ich so lange mit ihr herumschmusen, bis wir viele Kinder kriegen. Diese Kinder würden ein bißchen kurdisch und ein bißchen deutsch sein, also halb und halb. Das wäre unsere Familie. Und was eine Familie ist, die kann sich zanken und streiten, aber hassen kann sie sich nicht.

Ich sagte Dilan, was ich dachte, da hat sie mich geküßt, und ich habe es mir gefallen lassen, obwohl sie aussah wie ein Junge.

Aber nun wurde es ernst.

Zunächst einmal mußten wir einen Jungennamen für Dilan finden, denn auf keinen Fall durfte ich sie vor den

Leuten weiblich ansprechen. Wozu hätte sie sonst das schöne Haar geopfert? Also irgendein Name mußte her, am besten einer, der auch mit D anfängt.

»Wie wäre es mit Dagobert?«

»Ziemlich affig.«

»Vielleicht Dietrich?«

»Nicht zu machen, da denkt jeder gleich an Genscher und an Eselsohren.«

»Didi?«

»Wie der Blödmann vom Fernsehen? Nein.«

»Detlef?«

»Das ist nicht schlecht.«

Ich hatte vor, mit Dilan zuerst zu meinem Vater nach Klein-Begerow zu fahren, und erzählte ihr ein bißchen von ihm. »Mein Vater heißt Heiner und ist ein Supermann, Muskeln wie Eisen. Er hat sich nach der Scheidung eine neue Frau genommen, Rosi, mit der er gar nicht verheiratet ist. Es geht auch so. Rosi lächelt viel und öffnet den Mund dabei, als ob sie auf eine vereiste Scheibe hauchen müßte, vor allem, wenn Männer anwesend sind. Das geht meine Mutter eigentlich gar nichts an, aber sie macht sich darüber lustig und meint, Vaters Neue wäre ein bißchen dämlich. Dafür ist sie hübsch. Sie hat ein Puppengesicht und eine Himmelfahrtsnase mit zwei rosigen Löchern darin. Am schönsten ist Rosi von vorn. Sie trägt so enge Blusen, daß man zugucken kann, wie die Körperteile darunter nach Luft schnappen. Du darfst ruhig mal staunen, eh, Detlef, wenn Rosi vor dir steht.«

Während der Abfahrt zum See hinunter kamen wir uns

vor wie auf der Achterbahn. Wir schossen mehr in die Tiefe, als wir fuhren, und manches Auto mußte aufheulen, ehe es uns überholen konnte. Der Wegweiser nach Klein-Begerow flog uns entgegen. Er reckte den Arm aus und zeigte nach rechts. Wir hatten kaum Zeit, auf die Bremse zu latschen. Dann waren wir auf dem flachen Land und fuhren gemächlich über die Holperchaussee. Rechts und links standen alte Bäume Spalier, Platanen, glaube ich. Es sah aus, als reichten sie sich über die Straße hinweg die Hände und als radelten wir unter einem Baldachin.

Hinter der Kurve kam ein grünes Feld in Sicht, frisch geschnittene Luzerne lag Schwad an Schwad, und ein Dutzend Störche stocherte darin herum auf der Suche nach Futter. Wir bremsten, hielten und staunten ein bißchen, immer noch im Sattel, Fäuste am Lenker, Füße in den Kies gestemmt.

Da kam ein orangeroter Trecker übers Feld herangerollt. Er zog einen gummibereiften Hänger nach sich, der sah aus wie ein gigantischer Einkaufskorb, und blieb nicht weit von uns stehen. Der Fahrer, ein Mann wie ein Turm, sprang mit einem gewaltigen Satz zu Boden, packte die Forke, schob sie den Schwad entlang, stach zu, hob an, als sei die zentnerschwere Ladung gar nichts, und warf das Grünzeug schwungvoll auf den Hänger, stach wieder zu, hob an, Gabel um Gabel, bis sich das Fuder türmte. Und die Störche folgten ihm wie abgerichtet, vielleicht fanden sie dort, wo der Mann hantierte, besonders viele Frösche.

Es war heiß. Der Mann trug nur zerschlissene Shorts

und Sandalen und war braungebrannt. Sein nackter Oberkörper, seine Muskelstränge glänzten von Schweiß, und das Herz klopfte mir gegen die Rippen, als er näherkam.

Ich schrie: »Das ist er! Das ist Heiner, mein Vater!«

Also runter von den Rädern und übers Feld gewetzt, was hast du, was kannst du, daß es die Störche mit der Angst bekamen und sich in die Luft schwangen.

Ich war unheimlich stolz, daß ich Dilan nach so vielen Pfeifen und Glatzen, die ihr begegnet waren oder sogar Angst gemacht hatten, endlich einen deutschen Mann vorstellen konnte, gegen den Tarzan ein Kümmerling war. »Das ist mein Vater, und das ist Detlef, mein Freund.«

»Freut mich, Detlef. Laß dich umarmen, Raoul. Da wird Rosi aber staunen.«

Gestaunt hat sie schon, aber ich weiß nicht, ob sie sich gefreut hat, als wir zu dritt vor der Tür standen, denn sie machte den Mund auf, als ob sie oh sagen wollte und lächelte nur das Nötigste. Ihre Bluse war mindestens zwei Nummern zu eng, kann aber auch sein, daß Rosi inzwischen gewachsen war. Sie atmete stark, und der Brustkorb mit all diesen Sachen wogte, daß kein Vorbeikommen war.

Sie sagte: »Ich hab es gern, wenn sich ein Besuch anmeldet. Man muß sich vorbereiten mit dem Essen und so weiter. Jeder weiß, daß Raoul wie ein Scheunendrescher frißt, und ich habe nur Erbseneintopf auf dem Herd. Er wird nicht reichen.«

»Genügend Wasser ist in der Leitung«, sagte Heiner. »Du kannst die Suppe ein bißchen verlängern.«

Diesen Vorschlag fand Angelika lustig. Das ist Rosis Tochter. Sie klappte die Augendeckel zu und den Mund auf und lachte. Das Engelskind war nicht mehr so süß wie vor zwei Jahren. Ich schätzte sie auf erste Klasse, und wo früher mal Schneidezähne gesessen hatten, so lang wie die von einem Karnickel, klaffte eine Zahnlücke. Das Mädchen sah wie ein kleines Monster aus, und ein Biest ist es ja immer gewesen.

Ich grüßte mit Hallo und stellte Dilan vor. »Das ist Detlef.« Angelika grüßte nicht, sondern schob die Zungenspitze durch ihre Zahnlücke.

Heiner kritisierte das: »Bitte, benimm dich.«

Und Rosi sagte: »Nörgele bitte nicht dauernd an Änschie herum.« Sie sprach den Kosename so aus, daß er ein bißchen englisch klingen sollte.

Übrigens hat sie keinen Eimer Wasser in den Eintopf gegossen. Er schmeckt gut, und ich lobte ihre Suppe. »Lecker, lecker!«

Da freute sich Rosi, und vielleicht wäre es doch noch ein schöner Abend geworden, leider ist es aber anders gekommen.

Wir saßen ziemlich gedrängt am kleinen Küchentisch und löffelten so vor uns hin, da hörte ich ein unangenehmes Geräusch, und dann sah ich, daß Änschie die Erbsensuppe nicht mit dem Löffel in den Mund schob, sondern durch ihre Zahnlücke einsaugte. Darüber mußte ich lachen. Auch Dilan lachte. Wir wollten gleich wieder ernst sein, weil Rosi mit bösen Blicken um sich warf, aber wir brachten es nicht fertig. Nun fing auch Änschie zu gackern an. Mit einem Male schrien wir vor Lachen, bis uns die Tränen kamen. Da ließ sich auch Heiner von dieser Lachkrankheit anstecken und brüllte los.

Nun reichte es Rosi. Sie schlug die Hand auf den Tisch, daß vor Schreck ein paar Erbsen aus der Schüssel sprangen, und fragte, ob wir den Verstand verloren hätten.

Wir wischten uns die Tränen aus den Augenwinkeln, blickten schuldbewußt an unseren Nasen herunter und löffelten schweigend. Nur das Engelskind quietschte noch ein bißchen nach, verschluckte und besabberte sich beim Essen.

Da schüttelte Rosi bekümmert ihre Locken und sprach: »Die beiden wilden Jungen haben keinen guten Einfluß auf das Kind.«

Hätte ich doch bloß meinen Mund gehalten. Von Doktor Parisius, meinem Niegenburger Großvater, wußte ich, daß zu einem guten Essen ein gutes Tischgespräch gehört, also fing ich an, über die Ausländer zu plaudern. Zuerst mal ganz harmlos. Ich wollte Rosi und Heiner vorbereiten und einweihen. Schließlich ist mein Vater der stärkste Mann in der Familie. Er mußte uns helfen. Also erzählte ich von Schön-Rethra. »Früher hatte das heidnische Heiligtum gleich um die Ecke gelegen. Kann es nicht sein, daß wir Mecklenburger eigentlich Ausländer sind, nämlich sitzengebliebene Wenden? Bloß die Wessis kommen nicht darauf, weil sie so wenig von uns wissen.«

Mein Vater grinste sehr, aber bei Rosi kam ich nicht so gut an.

Sie sagte: »Es gibt im Dorf nur einen winzigen Tante-

Emma-Laden. Neulich haben sich sieben Ausländerinnen auf einmal hineingezwängt, und ehe sich's Tante Emma versah, war sie auch schon bestohlen. Es gibt zu viele Ausländer in Mecklenburg-Vorpommern, und deshalb gibt es zu wenig Arbeit. Außerdem nehmen die Ausländer den Deutschen die Wohnungen weg.«

Ich sah, daß Dilans Augen funkelten.

Sie fragte Rosi: »Möchtest du dorthin ziehen, wo die Asylanten wohnen?«

Kann sein, meine Mutter hat recht, wenn sie meint, daß Vaters Rosi ein bißchen dämlich ist. Sie sagte: »Nein. Guck mal, unser Häuschen ist sehr hübsch, zwei Zimmer unten, zwei Zimmer oben, und alles schön ruhig im Dorf. Aber wie lange? Nicht weit vom See steht ein leeres Ferienheim herum. Nun wird erzählt, Ausländer kommen nach Klein-Begerow. Das wäre doch furchtbar.«

Was soll daran furchtbar sein? Dilans Lippen zitterten vor Wut. Sie starrte auf Rosi, und ich hatte Sorge, daß sie sich verraten würde. Sie sagte: »Viele Ausländer kommen von daher, wo der Hunger ist oder der Krieg. Viele Kinder sind krank und schlapp. Sie hätten es gut in einem Ferienheim. Die könnten im See baden oder auf der Wiese spielen und ihre Angst vergessen. Was soll denn daran furchtbar sein?«

Das war ein Angriff. Rosi hatte es verstanden. Sie blickte auf Heiner und fragte zornig: »Muß ich mir von diesem wildfremden Bengel dummkommen lassen in meinem eigenen Hause?« Mein Vater hob beschwichtigend die Hände. »Bitte!«

»Ist doch wahr«, fauchte Rosi.

Ich werde dreizehn und habe schon ein paarmal erlebt, daß ein Kind nachgeben muß, auch wenn es recht hat. Die Erwachsenen sind stärker. Sie bilden sich ein, sie wären so was wie die Regierung für Kinder. Sie haben die Gewalt, und manche schlagen gewaltig zu. Das Kind ist abhängig, was soll es machen? Ich machte mich klein und sagte: »Detlef hat es nicht so gemeint, Rosi.« Ich schämte mich, weil ich Dilan in den Rücken gefallen war, nicht wegen Feigheit. Mensch, wir mußten doch bei Rosi übernachten.

Änschie merkte natürlich, daß ihre Mama auf uns stocksauer war. Sie spielte das wohlerzogene Kind und lispelte durch die Riesenzahnlücke: »Darf ich bitte aufstehen?«

Rosi blickte auf dem Tisch herum, Teller und Schüsseln waren leer. Sie zuckte mürrisch die Schultern und sagte: »Mahlzeit.«

Wir alle mußten uns erheben.

Heiner verabschiedete sich: »Tschüs erst einmal.« Er mußte wieder zur Arbeit und wollte seiner hübschen Rosi vorher noch einen versöhnlichen Kuß geben, aber sie drehte ärgerlich den Kopf weg, so daß mein Vater ins Leere schmatzte. Nicht küssen dürfen und so weiter, glaube ich, ist eine schwere Bestrafung für den Mann. Jedenfalls seufzte mein Vater tief, ehe er ging.

Wir wollten ihn draußen auf dem Feld besuchen, es guckt sich angenehm zu, wenn einer so sportlich arbeiten kann wie er. Wir wollten ihm nach, aber Änschie bestand darauf, daß wir das Kinderzimmer besichtigen mußten.

Das interessierte uns beide. Ich wollte auskundschaften, ob Platz genug wäre, die Schlafsäcke auszurollen, und weil Detlef ein Mädchen war, kam sie wegen der Puppen mit.

Das Zimmer wirkte überfüllt. Plüschtiere und Puppen waren wie in einem Museum ausgestellt. Sie saßen auf der Erde, im Fensterbrett, auf der Kommode, sogar auf dem Schrank oder lagen auf dem Bett herum. Ich konnte mir gar nicht vorstellen, wohin Rosi abends die Bettdecke aufschlagen sollte. Solange wir Augen machten und herumstanden, war alles in Ordnung.

Ich sagte: »Mensch, du bist ja das puppenreichste Kind der Bundesrepublik.«

Änschie wollte ein geschmeicheltes Lächeln machen und ließ ihre Zahnlücke klaffen. Sie sah aus wie die Tochter von Dracula, und ich fragte mich, ob ich wohl früher auch so einen furchtbaren Anblick geboten hätte.

Da griff Dilan nach einer Puppe, die hieß Miss Soundso, ein häßliches Ding. Irgendwas hatte es mit Chemie zu tun. Änschie hatte gesagt, man könne der Puppe die Haare färben. Kann sein, daß Dilan dachte, es wäre für ihre Tarnung wichtig, vielleicht wollte sie gerne gelb gefärbt herumlaufen oder mit einem grünen Igel. Sie nahm sich die Puppe und fummelte an der Perücke herum.

Da blökte Änschie: »Das ist meine Puppe!«

Ich sagte: »Schon gut, wir wollen sie doch bloß mal untersuchen.«

Jetzt fauchte sie mich an: »Gebt mir meine Puppe her!« Irgendwas zischte aus ihrer Zahnlücke. Ich dachte, gleich würde sie wie ein kleiner Lindwurm Feuer speien. Sie grapschte nach ihrer Puppe. Dilan hatte sie mir zugeworfen, ich warf sie zurück. Änschie drehte sich, jetzt hatte ich Miss Soundso und hielt sie hoch, da trat mich Änschie gegen das Schienbein. Alles kann man sich als fast Dreizehnjähriger nicht bieten lassen. Ich habe ihr nur die Faust unter die Nase gehalten, da brüllte sie los und riß den Mund auf, daß man einen Tennisball hätte hineinstopfen können. Leider hatte ich keinen, aber ich mußte sie zur Ruhe bringen. Also habe ich ihr die Puppe zurückgegeben, vielleicht ein bißchen zu kräftig. Änschie setzte sich auf den Hintern und schrie ihre Wut gegen die Zimmerdecke.

Nun hörten wir Rosi die Treppe emporstürmen, dann riß sie die Tür auf, rot im Gesicht wie ein gekochter Krebs.

Änschie schrie: »Sie haben mich geschlagen!«

Ich wollte alles erklären, aber Rosi reckte den Arm aus, wie der Wegweiser an der Landstraße nach Klein-Begerow. Ich glaube, sie zeigte nach Norden. Ihre Augen sahen aus wie Autoscheinwerfer, die nicht abgeblendet waren, und sie sprach nur ein einziges Wort: »Raus!«

Wegen der vielen schönen Geschichten gehe ich gerne zum Religionsunterricht. Neulich hatte ich vom Garten Eden gehört, den der liebe Gott eigenhändig gepflanzt hat, mit Bäumen darin, lustig anzusehen und gut zu essen, und ich hatte mir nicht vorstellen können, daß sich die ersten Menschen von lustigen Bäumen ernähren mußten. Jetzt konnte ich mir aber ein Bild machen von der Vertreibung aus dem Paradies. Ich glaube, der liebe Gott hat wie Rosi ausgesehen, als er Adam und Eva davonjagte.

Ich faßte Dilan an der Hand und führte sie aus dem Hause. Rosi schrie uns hinterher: »Laßt euch ja nicht wieder blicken!«

Für mich war es die erste Ausweisung. Ich kam mir unheimlich verstoßen vor und konnte nachfühlen, wie Dilan zumute war, als sie in Abschiebehaft sollte.

Wir sind noch mal am Feld vorbeigeradelt, um uns von Heiner zu verabschieden. Er ist der schönste und stärkste Mann, den ich kenne.

Da saß er nun, wegen der Hitze nackt bis auf die zerschlissenen Shorts und mit gekreuzten Beinen. Und weil er mir nicht ins Gesicht sehen wollte, zerriß er einen Grashalm in lauter kleine Stücke. Dann sagte er: »Junge, ich muß mit ihr leben. Eine zweite Scheidung stehe ich nicht durch.« Er rieb Daumen und Zeigefinger gegeneinander, als würde er Geld zählen. Viel verdient er nicht als Traktorist, und er muß vor ihr auf dem Bauch kriechen, ein Mann mit solchen dicken Muskeln, damit sie ihn bei sich bleiben läßt. Es ist wie eine Erpressung, und er ist eben kein Kämpfer. Er sagte: »Wir haben uns gut verstanden, aber dann ist Rosis Betrieb abgewickelt worden. Sie ist geflogen. Meine Arbeit ist auch nicht sicher. Das Häuschen ist nicht abgezahlt. Seit wir Sorgen haben, gibt es Krach um jeden Dreck.«

Ach, ich verstehe schon. Wenn nun auch noch das bißchen Liebe abgewickelt wird, ist alles vorbei. Wir wollen seinem Glück nicht im Wege stehen. »Tschüs also!« Wir hauen ab und lassen ihn mit der schönen Rosi und mit dem zahnlückigen Monster sitzen.

Heiner wollte unsere Räder auf seinen Hänger werfen und uns mit dem orangefarbenen Trecker bis zu dem nächsten Städtchen fahren. Wir dankten.

Er sagte: »Mach's gut, mein Junge. Vergiß mich nicht. Leb wohl, Detlef.« Und er stand da mit gesenktem Kopf, als wir davonradelten. Ein bißchen tat er uns leid.

4

Dilan und ich hatten keine Lust auf eine große Tour. Wir sind bloß bis zu einer anderen Bucht der Laabs gefahren, gar nicht weit weg von Klein-Begerow. Schöner Strand und keine Leute. Dort haben wir so lange gebadet, bis wir unsere Enttäuschung abgespült hatten. Kann sein, schwimmen hilft gegen Traurigkeit, jedenfalls waren wir wieder guter Dinge, als wir in unseren Schlafsäcken am Ufer herumlagen, zugedeckt bis ans Kinn, und hinaufstarrten in den unheimlichen schwarzen Himmelsschlund. Und wieder zwinkerten uns die Sterne zu, damit wir uns nicht fürchten sollten vor der Unendlichkeit.

Wir quatschten bis zum Einschlafen leise miteinander. Ich sagte: »Nach dem Krach mit Rosi bin ich todsicher, daß du bei der neuen Frau von deinem Vater nicht leben kannst.«

»Aber wo soll ich bleiben, Raoul? Niemand will mich haben.«

»Ich will dich haben, Dilan. Stell dir mal vor, wir könnten zusammen zur Schule gehen.«

»Das wäre schön. Aber wie willst du es anstellen?«

»Erst mal haben wir Ferien, und in sechs Wochen wird mir was eingefallen sein. Meine Mutter und Big Woldi meinen, ich wäre ein schlaues Kerlchen.«

Dilan lachte leise. Da wollte ich, daß sie noch einmal lacht, und erzählte, was sie so gerne hört, ein bißchen Quatsch. Ich sagte: »Das Schwerste habe ich längst geschafft. Ich bin in das halb verfallene Haus am Rande der Oststadt eingedrungen und habe klammheimlich die Prinzessin gemaust. Sie war so weiß wie Schnee, na ja, vielleicht ein bißchen dunkler, aber so rot wie Blut und so schwarzhaarig wie Ebenholz. Du weißt doch, was das Schneewittchen aushalten mußte, bloß weil es so schön war. Selbst wenn die Stiefmutter ihrem Jäger befiehlt: ›Bring das Kind hinaus in den Wald. Ich will es nicht mehr vor Augen haben. Du sollst es töten und mir Lunge und Leber zum Wahrzeichen mitbringen.‹ Dir kann nichts passieren, weil dich der schlaue Raoul entführt hat. Prinzessin, wir machen die Fliege!«

Dilan lachte. Sie hat mich auf die Wange geküßt.

Der Tag fing gut an, schon am frühen Morgen Sonnenschein, Blauhimmel, die Vögel im Gebüsch und auf den Bäumen schrien aus voller Kehle, weil der Sommer so schön war. Wir hatten wieder einmal den ganzen See als Waschschüssel für uns alleine und konnten herumspritzen, soviel und solange wir Lust hatten.

Als wir frühstücken wollten, stellten wir fest, daß uns der Proviant ausgegangen war. Ich hatte ja essensmäßig und so weiter voll auf meinen Vater gebaut, aber Rosi hatte uns aus dem Paradies vertrieben, weil sie Änschie glaubte. Daran erkennt man, wieviel Unglück eine Lüge anrichten kann.

Gott sei Dank hilft Geld gegen Hunger, wenn ein Laden in der Nähe ist. Also rasch die Klamotten packen, die Schlafsäcke rollen und auf nach Klein-Begerow. Rosi kann uns gestohlen bleiben, wir wollen Tante Emma besuchen.

Wirklich, der Laden war eng gebaut, aber zu zweit hatten wir Platz darin und kauften, was wir brauchten. Tante Emma war mindestens so alt wie meine Großmutter Parisius, aber längst nicht so schön, sondern zottelig auf dem Kopf und tuttelig darin. Kopfrechnen schwach. Sie mußte ziemlich lange mit Papier und Bleistift herumaddieren, bis sie auf die Summe kam.

Während ich zahlte, sagte Dilan: »Wir haben gehört, daß Sie neulich von Ausländerinnen beraubt worden sind.«

»Ach, beraubt eigentlich nicht«, meinte Tante Emma, »aber als sie fort waren, fehlte mir Ware. Ich habe es ausgerechnet, ein Wert von etwa elf Mark sechsundsechzig.«

Dilan zischte mir zu: »Hast du zwölf Mark für mich?«

Na gut, ich gab ihr das Geld, aber ich fragte mich, was sie noch kaufen wollte. Doch nicht etwa Seife, die können wir sparen, solange wir am Wasser schlafen.

Dilan fragte: »War eine dunkelhaarige Frau unter den Räuberinnen? Buntes Tuch um Kopf und Schultern?«

»Alle sieben waren schwarz wie die Nacht«, sagte Tante Emma, »und hatten Augen im Kopf, die wie Kohlen brannten. Wirklich, mir wurde heiß unter ihren Blicken.«

»Wir haben sie vor dem Dorf getroffen.« Dilan grinste mich an, und ich nickte. »Sie haben uns angequatscht und gesagt: ›Wir haben uns vergriffen und schulden Tante Emma Geld. Bitte ehrlich sein, bitte abgeben, wo hingehört.‹« Dilan zählte das Geld hin, da glaubte Tante Emma das Märchen und bedankte sich sehr.

Als wir den Laden verlassen wollten, sahen wir den Steckbrief an der Tür, großes Bild, hübsches Gesicht, Locken bis auf die Schulter: »Gesucht wird Dilan D. Belohnung 5000 DM. Meldung nimmt jede Polizeidienststelle entgegen.«

Dilan drehte sich zu Tante Emma um und zeigte mit dem Finger auf ihr Bild. »Hoffentlich finden sie die.«

»Wenn sie noch am Leben ist«, sagte Tante Emma.

Bloß weg von hier, weg. Wir kratzten die Kurve.

Als die Türme und Hochhäuser von Niegenburg in der Ferne auftauchten, habe ich eine Rast vorgeschlagen, um Dilan auf den nächsten Besuch vorzubereiten.

In der Stadt wohnen meine Großeltern Parisius. Der Mann ist Arzt, und seine Frau ist eine vornehme Dame. Das wollte ich Dilan möglichst schonend beibringen.

Wir hockten auf der Böschung des Straßengrabens. Ich guckte mir Dilan an und fand, daß sie ein sehr schöner Junge war, außerdem ziemlich frisch gewaschen. Dann mußte Dilan mich ansehen, und ich fragte, ob ich einen guten Eindruck mache.

Sie nickte und kicherte.

Seit sie mit mir zusammenlebt, ist sie nicht mehr so

ernst wie früher. Ich dachte, es wäre Zeit, ihr die nächsten Mitglieder meiner komischen Verwandtschaft auch noch vorzustellen, damit sie keinen Schreck kriegt, wenn sie den Leuten gegenübersteht.

Großmutter Parisius ist die Älteste, bildet sich aber ein, daß sie die Schönste in der ganzen Familie wäre. Sie färbt sich ihre Haare und schminkt sich das Gesicht. Ich kann mir vorstellen, daß sie jeden Morgen vor dem Spiegel herumsteht wie die Stiefmutter von Schneewittchen. Sie blickt aus den Augenwinkeln und fragt mit einer bedrohlichen Stimme: ›Bin ich die Schönste in Mecklenburg-Vorpommern oder etwa nicht!‹

Meine Großmutter Parisius arbeitet bei ihrem Mann als Sprechstundenhilfe. Doktor Parisius war früher Arzt am Krankenhaus und mußte von einem Krankenzimmer zum anderen rennen. Aber nach der Wende geht alles ganz andersherum, deshalb hat er sich auf dem Markt niedergelassen. Dort sitzt er nun in einem Zimmer, und jeder, der Tabletten braucht, läuft hin zu ihm. Aber erst muß er sich bei meiner Großmutter anmelden. Die lauert hinter einem Tisch, blickt jeden so scharf an wie ihren Spiegel und fragt, ob es mit seiner Kasse stimmt. Kranksein ist nämlich teuer geworden.

Also auf zu Doktor Parisius.

Heute ist Arbeitstag, zu Hause wird er nicht sein. Besuchen wir die Praxis, gleich neben der Ratsapotheke. Funkelnde Messingplatte, schwarze Buchstaben, Sprechstunde dann und dann.

Wir schoben die Fahrräder in den Ständer und schlossen sie sorgfältig an. Schließlich hatte ich das Damenfahrrad vorübergehend klauen müssen und wollte auf keinen Fall, daß es mir gestohlen würde. Rucksäcke, Schlafsäcke, Kochtöpfe und was man sonst noch braucht auf der Flucht nahmen wir mit uns. Wir waren bepackt wie die Maulesel, als wir die Praxis betraten, und bauten aus dem Zeug einen kleinen Turm in der Ecke des Wartezimmers.

Sehr schöne Einrichtung, alles in Schwarz und Weiß, bis auf die mickrige Palme vor dem Fenster, und Klassestühle, keine mit vier Beinen, sondern aus verbogenem Stahlrohr gemacht, schwarze Ledersitze, hinten freischwebend. Ich wollte mit Dilan wetten, daß man darauf wippen könnte, traute mich aber nicht. Die Leute im Wartezimmer blickten mißmutig auf uns oder glotzten über die Brillenränder. Eine Dame strickte sehr abweisend vor sich hin, und jedesmal, wenn sie mit dem kleinen Finger nach dem Faden hangelte, schoß sie zwei Blicke auf uns ab, als gehörten wir zum Lumpengesindel. Die wußten wohl nicht, wer ich war.

Ich mußte mich etwas freikrächzen, ehe ich Dilan zurufen konnte: »Eh, Detlef, ich will erst einmal meinem Großvater Herrn Doktor Parisius guten Tag sagen. Paß bitte auf, daß unsere Sachen nicht gemaust werden.«

Das hatte gesessen. Ein Herr nahm eilig seine Tasche vom Stuhl neben sich und bot Dilan Platz an. Es ist eben gut, wenn man einen Arzt in der Familie hat.

Um die Ecke in der Anmeldung stand eine Frau, die so dick war, daß sie mich verdeckte. Endlich hatte sie ihren

Termin und trat zur Seite. Da blickte meine Großmutter Parisius aus den Augenwinkeln und sagte: »Nein!«

Sie war so schön anzusehen wie die Stiefmutter von Schneewittchen, schwarze Locken und über den Blauaugen alles grün bemalt. Ich glaube, sie war nicht einverstanden mit dem, was sie vor sich sah und wiederholte: »Nein!«

Ich war es aber doch und meinte fröhlich: »Da staunst du, was?«

Nun rief sie: »Raouli!« und beugte sich über die Absperrung in ihrem Kabuff, um mich zu küssen. Sie war immer noch verblüfft und fragte: »Wo kommst du denn her?«

Na, von den Malediven bestimmt nicht. Aus der Oststadt. Ich sagte es.

»Oststadt«, murmelte sie, »Oststadt, natürlich.«

Und natürlich wußte sie auch, daß meine Mutter in München vor einem Computer herumsaß. Nun stellte sie wieder eine komische Frage.

»Bist du mit Woldemar Lengefeld auf der Durchreise?«

»Nein«, sagte ich. »Mit Detlef. Das ist mein Freund. Wir sind mit den Rädern unterwegs.« Ich winkte Dilan, da kam sie aus dem Wartezimmer angewetzt. Meine Großmutter reichte ihr die Hand von oben herunter.

»Guten Tag, mein Kleiner.«

Ich hatte Dilan eingeschärft, daß sie sich als Junge auf keinen Fall wie eine Frau bewegen dürfte. Jetzt hatte ich Angst, sie würde einen Knicks machen. Nein, sie verbeugte sich Gott sei Dank ziemlich ruppig.

»Oh«, sagte meine Großmutter, als sie seinen verschnittenen Hinterkopf erblickte, »du mußt dringend zum Friseur, mein Junge.« Und zu mir sagte sie, schon ein bißchen in Eile: »Mit den Rädern also, mit den Rädern. Unterwegs in ein Kinderferienlager, nicht wahr?«

Als wüßte sie nicht, daß solche Sachen in den neuen Bundesländern abgeschafft worden sind. Die Großeltern müssen sich schon selber um die Enkelkinder kümmern. Ich sagte: »Wir möchten bei dir ein paar Tage Urlaub machen.«

Sie kriegte kein Wort heraus.

Gott sei Dank trat jetzt Großvater Parisius vor die Tür, um einen Patienten zu verabschieden. Seine Frau zeigte mit Fingern auf mich und Dilan und sprach: »Nun rede du.«

»Hallo, hallo!« Großvater Parisius freute sich so, daß er die Arme hochriß.

Ich sprang ihn an, hielt mich ein Weilchen fest an ihm wie ein Klammeraffe, und dann stellte ich Dilan vor. »Das ist Detlef, mein Freund.«

»Ach nee«, sagte Doktor Parisius, betrachtete nachdenklich Dilans Punker-Haarverschnitt und zog sie an sich. Vielleicht wollte er sie aus der Nähe betrachten. Er legte einen Arm um sie, mit dem anderen preßte er mich an sich, und ich fühlte mich unheimlich gut, weil da jemand war, viel stärker als wir und viel größer, an den wir uns anlehnen konnten.

Die Frau aus dem Wartezimmer hörte auf zu stricken und mit dem kleinen Finger nach einem Faden zu langen und warf ein freundliches Auge auf uns. Es war bestimmt schön anzusehen, der alte weißhaarige Mann, eingerahmt von zwei kurzhaarigen Jungen, die beide dümmlich um die Wette grinsten.

Meiner Großmutter schien es nicht zu gefallen. Sie deutete auf das überfüllte Wartezimmer und fragte vorwurfsvoll, ob die Praxis geschlossen werden sollte.

Natürlich nicht. Großvater löste die liebevolle Umklammerung und kramte in der Hosentasche. Er wollte mir den Hausschlüssel anvertrauen.

Seine Frau meinte, es wäre besser, er gäbe uns ein paar Mark, damit wir uns ein Würstchen kaufen könnten oder Pommes oder ein Steak.

Dieser Vorschlag war gar nicht so schlecht, denn wir hatten lange nichts mehr zwischen den Zähnen gehabt. Ich nickte meiner Großmutter zu.

Großvater zog die Brieftasche. Ich hielt die Hand auf und schloß sie erst, als ich zwei Scheine auf der Kralle hatte. Es trifft ja keinen Armen.

Abends mußten wir eine Weile vor dem schönen, zugeschlossenen Haus warten, bis die alten Leute endlich in einem schneeweißen Auto angefahren kamen.

Während Großvater den Wagen in die Garage lenkte, erklärte uns seine Frau, welche Aufgaben wir zu lösen hätten, ehe wir das Haus betreten dürften. Erst einmal müßten die Räder hinter der Garage abgestellt und zweitens die Rucksäcke, Töpfe sowie das übrige Gebammel durch den Hintereingang in den Keller geschafft werden, dort befände sich die Rumpelkammer, ich müßte sie noch kennen.

Aber die Schlafsäcke?

Meine Großmutter sagte spitz, in ihrem Haus brauche sich niemand in einem Sack zur Ruhe zu begeben. Sie habe Betten und Wäsche genug.

Dann mußten wir die Schuhe ausziehen, sie hätte die Teppiche in Weiß.

Also raus aus den Latschen. Ich dachte, die wird staunen, wenn sie unsere Strümpfe sieht. Natürlich hatte ich recht, vom Straßendreck, der in jede Ritze dringt, und auch vom Schweiß waren unsere Socken leicht geschwärzt. Die alte Dame seufzte. Dann wollte sie von Dilan wissen, warum ein Junge wie er so niedliche Spangenschuhe trage. Verdammt, daran hatten wir nicht gedacht.

Dilan wußte nicht, wie sie sich rechtfertigen sollte, und blickte mich hilflos an.

Aber mir fällt immer eine Notlüge ein. »Also, mein Freund stammt aus einer kinderreichen Familie, Eltern arbeitslos, deshalb müssen die abgetragenen Sachen der älteren Kinder von den jüngeren aufgetragen werden. Auch die Schuhe von der großen Schwester.«

Meine Großmutter sagte, nun könne sie sich erklären, warum Detlef so abgerissen wirke. Sie zeigte auf die Hosen.

Ich mußte ihr klarmachen, daß eine Jeans überhaupt erst fetzt, wenn sie ein paar Risse hat.

Darauf sagte meine Großmutter nichts, und ich war unheimlich froh, daß wir nicht auch noch die Hosen ausziehen mußten wegen ihrer weißen Teppiche.

Sie kocht gar nicht mal so schlecht. Zum Abendbrot hatte sie einen Salat zusammengewürfelt aus allerlei

Grünzeug, auch was Rotes dazwischen, und das Ganze dick mit Schafskäse überkrümelt.

Vielleicht gibt es solchen Bauernsalat auch in Kurdistan, Dilan verschlang die Brocken mit großem Appetit. Darüber freute sich meine Großmutter. Sie sagte, das Rezept habe sie aus dem Urlaub mitgebracht, aus der Türkei, einem herrlichen Land.

Dilan verschluckte sich, und dann mußte ich die Luft anhalten, weil Doktor Parisius plötzlich sagte: »Ausschreitungen in der Oststadt, Brandanschläge auf das Asylantenheim. Habt ihr das noch mitgekriegt?«

»Ja, ja.« Um ein Haar hätte ich »Und ob!« geschrien. Wir hatten vieles mit eigenen Augen gesehen, und der Rauch hatte sich noch nicht verzogen am Tag danach, als ich mein Fahrrad auf der Halde suchen mußte.

»Schrecklich«, sagte meine Großmutter Parisius, »schrecklich.«

Da sah ich mit einem Mal, daß Dilan eine Träne über die Wange sickerte. Meine Großmutter wollte sie trösten, streichelte ihren Punker-Haarverschnitt und meinte: »Du bist ja Gott sei Dank deutsch, mein Junge.«

Da kam der große Hammer. Doktor Parisius sagte: »Ein kurdisches Mädchen soll verschwunden sein. Die Zeitung hat das Bild veröffentlicht. Die Fahndung läuft.«

»Ach Gott«, sagte meine Großmutter Parisius, »sie haben doch neulich erst so einen niedlichen Türkenjungen gekidnappt, eine halbe Million Lösegeld gekriegt, und das arme Kind dennoch ermordet, die eigenen Leute.«

Dilan lebte. Ich schob meine Pfote über den Tisch, zwischen all den Salatschüsseln und Tellern hindurch, bis ich ihre Hand fassen und drücken konnte.

Mein Großvater hat es ihr auf den Kopf zugesagt: »Das Mädchen bist du.«

Der Mann hat nicht nur einen Röntgenapparat in der Praxis herumzustehen, er muß einen Röntgenblick haben, sonst hätte er nicht durch alle Klamotten hindurch gesehen, daß an Detlef ein kleiner Zipfel fehlte und daß er also weiblich war.

Meine Großmutter hatte es immer noch nicht geschnappt. Sie stammelte: »Wie denn? Was denn? Der Freund von Raoul ist gar kein Freund?«

»Du bewirtest ein Asylantenmädchen«, sagte Doktor Parisius. »Eines, nach dem gefahndet wird.«

Meine Großmutter betrachtete Dilan, als hätte die ihr Läuse oder so was in den weißen Teppich gesetzt. Sie sprach: »Man muß die Kriminalpolizei benachrichtigen«, und war schon auf dem Weg zum Telefon, da schrie ich: »Nein!«

Meine Großmutter blieb stehen und fragte ihren Mann: »Wie redet dieses Kind mit mir?«

Na, das hatte sie doch gehört. Ich wollte nicht, daß sie die Polizei alarmiert.

Sie sagte: »Die Eltern des Kindes müssen unterrichtet werden. Es ist nicht zu fassen, Hunderte von Polizisten durchkämmen die Wälder, um eine Leiche zu suchen, und diese macht es sich in meinem Haus gemütlich.«

Dilan weinte. Nun konnte man doch sehen, daß wir vom Radfahren verstaubt waren. Das Tränenwasser grub ihr helle Rinnen ins Gesicht.

Auch ich hätte vor Wut beinahe losgeheult, aber ich mußte stärker sein als Dilan. Ich durfte nicht weinen. Also rief ich ziemlich höhnisch: »Dilans Mutter ist tot. Und der Vater lebt längst mit einer anderen Frau in der Türkei. Telefonnummer haben wir nicht.«

Jetzt mischte sich Doktor Parisius ein: »Werde nicht frech, Bürschlein.« Er drohte mit dem Zeigefinger. Seine Stimme war nicht so streng wie seine Wörter.

Dann blickte er auf meine Großmutter. Sie stand immer noch am Telefon. Sie brauchte nur zu wählen, Polizeiruf 110, und alles war aus.

Doktor Parisius sagte: »Wir wollen uns anhören, was die Kinder zu sagen haben, bitte, Liebste!«

Tatsächlich, er sagte Liebste zu seiner alten Frau.

Da gehorchte sie, und nun erzählten wir die ganze traurige Geschichte.

»Ach Falada, da du hangest.
Ach Jungfer Königin, da du gangest,
wenn das deine Mutter wüßte,
das Herz im Leib tät ihr zerspringen.«

Übrigens hatte sich Dilans Mutter, ehe sie starb, nicht mehr die Finger geritzt und keine drei Blutstropfen auf ein Taschentuch fallen lassen können, damit Dilan einen Talisman hatte, irgendwas, das ihr hilft und das sie beschützt in Deutschland. Und man weiß ja auch, wie leicht so ein Ding den Bach runtergehen kann.

Aber Dilan besitzt einen Ring von ihrer toten Mutter. »Bitte, führ ihn mal vor.«

Dilan faßte sich in den Hemdenkragen, zog sich die Schnur über den Kopf und zeigte den Ring zwischen Daumen und Zeigefinger her. Er gleißte im Licht des Kronleuchters, der über dem Tisch hing.

Meine Großmutter durfte ihn bestaunen.

»Schweres Gold«, flüsterte sie. »Eine sehr alte Arbeit und ein kostbarer Stein, ein Vermögen wert. Soll ich ihn für dich verwahren?«

Dilan schüttelte lächelnd den Kopf, und meine Großmutter mußte das Geschmeide zurückgeben.

Sie wies Dilan die goldenen Ringe an ihren Händen vor, ziemlich viele Dinger, aber wirklich schwach gegen Dilans Schmuck. Übrigens konnte man deutlich sehen, daß meine Großmutter trotz aller Schminke alte Finger hatte, und nun tat sie mir etwas leid. Ich mag sie nicht so gern wie meine dicke Oma Habenicht in Pälitzhof und längst nicht so wie meine Mutter, aber ich wünschte mir trotzdem, daß sie sich bis zum Sterben noch etwas Zeit lassen könnte.

Nachdem sie nun wußte, wie verlassen Dilan war, entwickelte sich das Mitleid bei ihr und verwandelte sie in eine richtige Oma.

Sie strich Dilan sogar über den Hinterkopf, und dann sagte sie, die Frisur wäre verheerend. Sie hätte ein paar gute Scheren und könne ihr einen ganz phantastischen Haarschnitt verpassen. Ob nun als Junge oder als Mädchen, so könne sie auf gar keinen Fall herumlaufen, da sähe ein Blinder, daß irgendwas nicht stimme, und müsse

Verdacht schöpfen. Die Damen würden sich zurückziehen, die Herren könnten inzwischen beraten, wie die Geschichte weitergehen solle.

Tatsächlich, die hauten ab. Sie ließen uns einfach sitzen mit den vielen benutzten Schüsseln, Tellern, Messern und Gabeln auf dem Tisch.

»Was denn?« fragte Doktor Parisius. »Bedeutet das etwa, daß wir Männer abräumen und womöglich sogar abwaschen müssen? Sie hat sich immer so, wenn man mal einen Teller oder eine Tasse zerschmeißt.«

Wir zogen uns ins Arbeitszimmer zurück.

Mein Großvater warf sich in einen Sessel und schmauchte eine Zigarre an, blickte dem blauen Rauch nach, der zu Decke hochquoll. Dann fragte er: »Wohin willst du mit dem Mädchen?«

»Erst mal weg aus der Oststadt«, sagte ich. »Die Verfolger abschütteln, Kalbsauge und seine schwarzen Ritter.«

Er wollte wissen, wer Kalbsauge sei.

Ich erzählte es.

Da stellte sich raus, Doktor Parisius kennt den Doktor Fleischhacker. Ich glaube, sie sind beide in der neuen Regierungspartei. Vielleicht ruft er ihn mal an. Da wird sich Doktor Fleischhacker aber wundern, daß sein Sohn Mitglied bei den Brandstiftern ist.

»Vergiß es«, sagte ich. »Nach den Ferien werde ich mit Kalbsauge wieder auf demselben Schulhof herumlümmeln und muß es dann ausbaden.«

»Gut«, sagte Doktor Parisius. »Also, was hast du vor mit dem Mädchen?«

Ich hob die Schultern. Erst wollte ich sagen, ich hätte gehofft, meinen Verwandten würde was einfallen und sie könnten mir weiterhelfen. Aber dann ließ ich es sein. Die Erwachsenen haben alle so viel mit sich selber zu tun. Man kann wenig von ihnen erwarten.

Großvater sagte: »Raoul, du mußt doch ein Ziel haben.«

»Gut wäre, wenn ich mehr Geld hätte«, meinte ich.

»Wieviel besitzt du denn?«

»Den Rest der hundert Mark von Big Woldi.«

Mein Großvater Parisius fauchte. Er verstünde überhaupt nicht, daß meine Eltern wieder mal keine Zeit für mich hätten, noch dazu in den Ferien. Das hätte schon einmal zu einer Katastrophe geführt.

Ach, er meinte die Sache von damals. Na schön, ich hatte aus Verzweiflung eine Weile den Schulunterricht vermieden und bin mit elf ein Problemkind gewesen. Aber jetzt bin ich bald dreizehn.

Ich sagte, Doktor Parisius solle mit meiner Mutter keinen Knatsch anfangen. Die verdammte Marktwirtschaft geht eben nicht ohne den Computer, und Big Woldi ist nicht mehr beim Außenhandel und muß erst lernen, wie man mit Särgeverkaufen sein Geld machen kann. In der Zeitung hätte gestanden, die Mediziner verdienten so unheimlich viel Geld, daß die Regierung einschreiten müsse. Vielleicht konnte Doktor Parisius in die Tasche langen, um Dilan und mich zu sponsern.

»Wieviel brauchst du denn?« Er fragte lauernd.

Ich sagte kühn: »Fünfhundert Mark.«

Da hat er ein Hohngelächter gemacht, obwohl er mich doch ganz gut leiden kann. »Junge«, sagte er, »du willst doch nicht etwa mit dem Mädchen ein Schiff besteigen und dann ab nach Amerika?«

Ich habe gesagt: »Mit fünfhundert Mark müßte man einen guten Rechtsanwalt kaufen können, der die Regierung bekämpft, damit ihr verboten wird, Dilan in die Türkei abzuschieben. Matlock oder so einen. Was es dauernd im Fernsehen gibt, muß es auch im Leben geben.«

Mein Großvater schmauchte eine ganze Weile an seiner Zigarre, dann sagte er: »Ich kümmere mich um einen Rechtsanwalt.«

Da bin ich ihm vor Begeisterung wie ein kleiner Junge an den Hals gesprungen.

Als meine Großmutter Dilan ins Zimmer schob, blieb mir die Spucke weg. Wirklich, die alte Frau versteht was von Styling. Das Mädchen sah überhaupt nicht frisiert aus, sondern so, als trüge es eine eng anliegende Kappe aus seidigem Marderfell, und die Spitze ragte in die Stirn. Ich schlug die Hände zusammen vor Bewunderung. Wir lachten und freuten uns, und die Stimmung war so unheimlich gut, daß ich freiwillig beim Abräumen der Abendtafel half und kein einziges Stück Porzellan zerschmetterte.

Leider hat meine Großmutter später doch wieder einen Aufriß gemacht. Sie hob nämlich die Hände und sagte »Halt!«, als Dilan und ich gemeinsam in die Wanne wollten.

»Aber Großmutter, wir baden jeden Abend, und zwar,

ich habe mir das Wort gemerkt, wegen der Hygiene. Wir schrubben uns gegenseitig so lange, bis wir keimfrei sind.«

Sie meinte, das sei ungesund.

Ich fragte, ob waschen neuerdings schädlich wäre.

Sie sagte, ich solle mich nicht dümmer stellen, als ich sei. Durch Diagnose von Doktor Parisius hätte sich herausgestellt, daß wir nicht gleichgeschlechtlich wären, wie es den Anschein hatte, sondern ein Mädchen und ein Junge und beide höchstwahrscheinlich in der Pubertät.

Ach, die Geschichte, um die Erwachsene immer so ein Gewese machen. Und deshalb meinte Großmutter, wir könnten nicht in einer Wanne baden.

Dabei hatten wir uns den Unterschied an unseren Körpern schon oft angesehen, und in der Wanne aus Spaß auch schon mal drangetippt, so eine Brust und so ein Pullermann sind keine Geheimnisse der Natur, sondern kommen bei fast allen Menschen vor. Das wollte ich gerade erklären, da hörte ich, daß an der Haustür geklingelt wurde. Vielleicht ein Patient.

Meine Großmutter öffnete und bat einen Mann in die Diele. Parisiusens nennen sie die Halle, weil der Raum so groß ist, daß es darin hallt. Sie ist nur durch eine Glastür vom Wohnzimmer getrennt, man kann hören, was geredet wird.

Ich wußte ohne Augenschein, wer es war. Dieser Mensch hatte einen latschigen Schritt, er mußte ziemlich groß und ziemlich fett sein, und seine Stimme klang quäkig, viel zu hell und zu hoch. Ich zog Dilan zur Seite und zischte meinem Großvater zu: »Malte, das Kalbsauge.«

Ich hörte meine Großmutter »Sie wünschen?« fragen.

Malte sagte: »Es geht um Raoul Habenicht. Er ist verschwunden. Und dann suchen wir nach einem Kurdenmädchen, das sich illegal in Deutschland herumtreibt.«

»Und deshalb kommen Sie zu mir?«

»Ja«, sagte Malte. »Raoul hat mit der Sache was zu tun. Wir waren verabredet. Kann sein, er ist auf eigene Faust in das Asylantenheim eingebrochen, und nun haben sie ihn als Geisel.«

»Das glaube ich nicht«, hörte ich meine Großmutter sagen. Und dann fragte sie: »Woher wissen Sie eigentlich die Anschrift von Doktor Parisius?«

Malte sagte: »Mein Vater ist Doktor Fleischhacker von der Mecklenburgischen Rundschau. Ich glaube, er hat seinen Computer abgefragt, und der hat auch die Verwandtschaft mit Raoul ausgespuckt.«

Ich hab ja schon erzählt, daß sich bei meiner Großmutter das Mitleid entwickelt und sie in eine richtige Oma verwandelt hatte. Jetzt zeigte sich, daß sie noch mehr drauf hatte. Sie rief nach ihrem Mann und machte das wie eine Schauspielerin. Damit er gewarnt sein sollte, rief sie ihn mit einem falschen Namen. Sie schrie nämlich: »Liebling! Bitte, sei so gut. Raoul wird gesucht. Er soll ein Mädchen ermordet haben. Liebling, kommst du eben mal!«

Doktor Parisius machte das Schauspiel mit, legte einen Finger an den Mund, damit wir mucksmäuschenstill sein sollten, und rief: »Ich komme, ich komme!« Und dann ging er hinaus.

Dann hörte ich, wie meine Großmutter sagte: »Das ist Malte Fleischhacker. Bitte bestätige ihm, daß unser Enkel Raoul Habenicht die Ferien bei seiner Mutter in München verbringt und daß sie unterwegs nach Italien sind. Sie wollten übrigens die Route über den Brenner wählen.«

»So ist es«, sagte Doktor Parisius.

Ich konnte mir vorstellen, daß Malte bei dieser Nachricht ziemlich blöde Augen machte. Und dann ist er abgehauen.

Als die beiden alten Leute ins Wohnzimmer zurückkehrten, sahen beide aus, als kämen sie von einer Trauerfeier. Doktor Parisius sagte: »Die Sache ist ernster, als ich mir vorstellen konnte.«

Und meine Großmutter fragte ängstlich: »Was passiert, wenn dieser dicke kahlgeschorene Mensch nicht glaubt, was wir ihm erzählt haben? Womöglich rückt er mit seiner ganzen Truppe an. Die Kinder müssen fort. Pälitzhof liegt am Ende der Welt. Dort werden sie für eine Weile sicher sein. Großvater kann euch morgen früh, ehe die Sprechstunde beginnt, mit dem Auto hinbringen.«

»Schönen Dank«, sagte ich. »Ein schneeweißer Riesenschlitten würde auffallen. Laßt uns mit den Rädern fahren.«

Die alten Leute haben es schließlich eingesehen. Nach dem Frühstück sind wir davongeradelt. Es ist klar, daß Dilan wegen der Tarnung als Junge verkleidet war.

5

Wer nach Pälitzhof hinunter will, muß erst über den Hügel. Wir stiegen also ab und schoben die Räder ein Stück, bis wir unter uns die roten Ziegeldächer des Dorfes aufragen sahen über einem Wall von Gebüsch. Es blühte rosa und weiß wie die Rosenhecke am Dornröschenschloß, und manchmal denke ich, wenn es mich nicht gäbe und noch ein paar andere Menschen, wäre das Dorf vergessen von der Welt, obwohl die Leute nicht seit hundert Jahren pennen, sondern ganz schön wach sein und malochen müssen, wenn sie mit dem Hintern an die Wand kommen wollen. Jedenfalls hat das meine Großmutter Habenicht gesagt.

Bei Doktor Parisius hatten wir in einer richtigen Villa übernachtet, zwei Badezimmer, eins unten, eins oben und beide mit echtem Marmorfußboden, der angeheizt werden kann, damit der Mensch warme Füße hat, wenn er es sich auf dem Klo bequem machen will.

Das Haus in Klein-Begerow war kleiner als die Villa Parisius, aber blitzsauber. Seit Rosi abgewickelt ist, hat sie

Zeit für ihre Hausaufgaben und macht unentwegt sauber. In der Familie wird erzählt, man könnte bei ihr vom Fußboden essen. Wahrscheinlich hatte sie aber Angst um die blanken Dielen, wir mußten die Suppe am Tisch löffeln und haben Tränen gelacht, bis die Erbsen aus dem Eintopf sprangen, weil Rosi vor Wut auf den Tisch gehauen hatte, und schließlich mußten wir das Paradies verlassen. Hätten wir vom Fußboden gegessen, wäre das alles vielleicht nicht passiert.

Wegen des Häuschens von meiner Großmutter Habenicht wollte ich Dilan unbedingt vorwarnen. Der Katen ist so niedrig, daß mein Vater die Dachrinne anfassen kann. Die Hütte hat immer noch keine Wasserleitung und also auch keine Wasserspülung. Aber die Küche ist das Allermodernste aus dem vorigen Jahrhundert, die Pumpe steht neben dem Spülstein. Wer auf Toilette will, muß bei jedem Wetter über den Hof. Aber der Weg ist ja nicht so weit wie bis zur Bushaltestelle, und das Häuschen mit dem ausgeschnittenen Herzen in der Tür ist leicht zu finden. Darinnen steht ein Katen mit einem kreisrunden, ziemlich umfangreichen Loch, damit auch jeder Hintern draufpaßt. Die Lüftung funktioniert besser als im Hochhaus, die Tür hat nämlich so breite Ritzen, daß man im Sitzen den ganzen Hof überblicken kann, und unangenehm sind nur die Fliegen, die einen dort kitzeln, wo man es nicht haben will.

Als ich es erzählte, schlug Dilan die Hände zusammen und kreischte vor Vergnügen. Das alles ist ihr nämlich bekannt. Ihre Mutter stammt aus Haceri, das ist ein kleines Dorf in Kurdistan. Sie hatte ihr erzählt, dort gibt es auch keine Wasserleitung, und das Plumpsklo steht auf dem Hof.

Also los, Abfahrt nach Pälitzhof.

Komisch, als ich mit Dilan vor dem Katen stand und den Nußbaum wiedersah, der ihn mit seiner Krone überragte, fühlte ich mich in Sicherheit.

Vor ein paar Jahren, als wir noch mit Heiner verheiratet waren, hatte es mir in Hohenzedlitz gut gefallen. Prima Klassenkameraden, prima Vater. Aber dann kam die Scheidung, das Glück ging in die Brüche, und ich mußte fort.

Die Wohnung in der Oststadt ist Spitze, sechs Meter Balkon und eine schöne Aussicht auf den Balkon gegenüber. Aber ich fühle mich dort nicht besonders wohl, und seit ich mich mit Kalbsauge bekanntmachen mußte, schon gar nicht.

Bei Doktor Parisius ist alles viel zu groß und viel zu fein. Kein Tier im Haus, nicht mal eine Fliege. Mein echter Vater wohnt in Klein-Begerow, aber Rosi hat uns nicht übernachten lassen. Als ich aber Großmutters Hütte wiedersah, kamen mir beinahe die Tränen. Hier hatte mein Vater gelebt, als er ein Kind war, und mein Großvater, bis er gestorben ist. Hier lebt meine Großmutter immer noch, und der Nußbaum hat schon gestanden, als der Großvater von meinem Vater hier herumgewirtschaftet hat. Und alle waren sie Habenichtse. Hier bin ich zu Hause, obwohl ich überhaupt nicht hier wohne.

Ich erzählte es Dilan, und sie fand das gar nicht so

komisch wie ich. Sie sah traurig aus. Da wollte ich nicht fragen, wo ihr Zuhause ist.

Wir rasselten mit den Fahrradklingeln, bis meine Großmutter Habenicht vor die Tür trat. Sie hatte sich die weißen Haare so kurz schneiden lassen, daß sie sportlich aussah und gar nicht mal so alt, wie sie wirklich war. Sie hatte eine blaue Schürze vor den Bauch gebunden, und am meisten fetzte es, daß ein roter Kater zu ihren Füßen Wache stand. Die Sonne blendete, Großmutter schirmte die Augen mit der flachen Hand. Zuerst sagte sie: »Ach nee«, und dann sagte sie: »Herein mit euch!«

Wir schoben die Räder auf den Hof.

»Das ist also Detlef, mein Freund.«

»Tag, Jungs.«

Wir hielten uns immer noch an den Rädern fest, weil wir zuerst die vielen Großmütterfragen anhören mußten.

Warum die weite Tour mit den Rädern bei dieser Gluthitze? Konnten euch die Eltern nicht mit dem Auto bringen? Was, deine Mutter ist zum Lehrgang in München? Will sie denn immer noch hoch hinaus? Und Doktor Lengefeld lernt, wie man Särge verkauft? Ja, ist das denn überhaupt ein Beruf? Und darf man deshalb ein Kind sich selber überlassen? Warum habt ihr nicht bei Heiner übernachten können? Ach, wegen Angelika. Ich weiß, daß sie jetzt Änschie heißt, dieses total verzogene Balg.

Wie sie so fragte und redete, sprang der rote Kater mit einem Satz auf den Gepäckträger von Dilans Rad und schrie sie an, weil er herumgefahren werden wollte wie ein Säugling im Kinderwagen.

»Ja«, sagte meine Großmutter, »es gibt nur ein einziges Geschöpf unter dem Himmel, das noch ungezogener als Änschie ist, dieser rote Kater nämlich. Er heißt Moritz.« Sie rief ihn, sie wollte ihn mit einer großen Geste vom Fahrrad jagen, aber der Kater machte die Augen klein, und dann kam es mir vor, als ob er meiner Großmutter die Zunge herausstreckte. Das fand ich stark.

Großmutter lachte. »Das Miststück leistet sich noch ganz andere Sachen. Davon will ich später erzählen. Jetzt kommt erst einmal ins Haus.«

Also rein in die Küche. Nun konnte Dilan das technische Wunderwerk aus dem neunzehnten Jahrhundert bestaunen, eine Pumpe, bei der man sich nicht mit dem ganzen Körpergewicht an den Pumpenschwengel hängen muß, denn sie besitzt einen senkrecht stehenden Hebel aus Holz, so groß wie ein Axtstil ungefähr, der nur ein wenig hin und her bewegt werden muß. Das Ding gehört unter Denkmalschutz.

Großmutter füllte die blecherne Waschschüssel und stellte den Schemel zurecht, reichte uns Seife und Handtuch. »Bitte, wascht euch die Pfoten. Und dann wollen wir zur Feier des Tages was ganz Besonderes essen.« Sie hat alles eingeweckt und zählt her, was zur Wahl steht, während wir planschen. Gänsebraten, Kaninchenkeule, Entenbrüstchen oder ein Huhn. Alles aus eigener Produktion, da weiß man doch, was man hat.

Wir entscheiden uns für Gänsebraten. Großmutter ist einverstanden. Rotkohl hat sie von gestern noch, der wird aufgewärmt und schmeckt dann noch mal so gut, und die

Kartoffeln roden wir gartenfrisch. Das ist bald getan, und nun brodelt es auf dem Herd. Wir haben noch Zeit.

»Großmutter, erzähl uns vom roten Moritz, dem Kater!«

»Also, das ist ein putziges Tier und gut zu leiden eigentlich, wenn er nicht so oft in die Kneipe ginge.«

»Was denn, ein Kater, der säuft?«

»Ich fürchte«, sagte Großmutter, »daß er an den Bierlachen schleckt. Er scheint mir manchmal nicht nüchtern, wenn er endlich nach Hause kommt. Dann tritt er nämlich großspurig und breitbeinig auf und haut die Tatzen in den Sand, als ob er ein Tiger wäre. Du weißt doch, daß Großvater regelmäßig seinen Skat gedroschen hat. Der Gastwirt ist sein Kumpan gewesen, und der dritte Mann war Pastor Münch.«

»Ach, den kenne ich. Der rennt in abgewetzten Jeans durch die Gegend.«

»Ja«, sagte meine Großmutter. »Aber sonst ein sehr feiner Mensch. Und der Vierte im Bunde hat nicht am Tisch gesessen, sondern darunter, Kater Moritz. Und ich denke mir, daß ihm die Herren aus Spaß einen Tropfen zukommen ließen. Großvater trank für sein Leben gern ›Zinnaer Klosterbruder‹, und als er gestorben war, suchte der arme Moritz nach ihm, ging an jedem Skattag in die Kneipe an den besagten Tisch, und die Gäste sagten ›Ach Gottchen‹ und respektierten seine Gefühle. Seitdem hat sich Moritz ein wenig an Pastor Münch angeschlossen, der nimmt übrigens zur Verdauung auch ab und an einen Klosterbruder.

Und dann ist es leider zu dem Skandal gekommen. Ich hätt' in den Erdboden sinken können, als ich es mit ansehen mußte.«

»Was, Großmutter, was?«

»Eines Sonntags ging ich wieder mal zum Gottesdienst. Pastor Münch stand auf der Kanzel, hoch oben, lauschte der Orgel nach, wie sie verhallte, und dann dröhnte er selber wie die tiefste Orgelpfeife und hat über das schlechte Gewissen von Adam und Eva gesprochen. Ihr wißt vielleicht, daß sie den Apfel gegessen hatten, und der Herr hat sich ganz schrecklich aufregen müssen ...«

»Und wie Rosi ausgesehen, als sie uns verjagte.«

»Na, das laß mal Pastor Münch hören«, sagte meine Großmutter mit erhobenen Brauen. »Er predigte also etwas theatralisch, daß Adam und Eva die Stimme Gottes, des Herrn, hörten, der im Garten ging, die beiden versteckten sich. Und Gott rief – und nun kommt es – Pastor Münch machte vor, wie Gott gerufen haben mußte, mit einer Stimme wie Donnerschlag, die alle Kirchenfenster erzittern ließ: ›Adam, wo bist du?!‹

Mit einem Male wisperten die Leute in den Bänken und wendeten die Köpfe, und siehe, Kater Moritz latschte den Gang herauf, wahrscheinlich angetrunken, angeberisch, mit Löwenschritten und hochaufgerichtetem Schwanz. Er erklomm die Altarstufen und baute sich zum Denkmal auf, Vorderpfoten nebeneinander gestellt, blinzelte schläfrig über die Gemeinde hin, und dann hat er sich vor dem Altar gespreizt und in aller Gemachlichkeit die Oberschenkel geleckt.

Jetzt stieg Pastor Münch von der Kanzel, und Moritz, als hätte er darauf gewartet, sprang ihm mit kräftigem Gemaunze entgegen. Er wollte gestreichelt werden. Der Pfarrer hat ihm den Gefallen getan und ihn bis zum Portal getragen und vor die Tür gesetzt.

Dann hat er sich das Katzenhaar vom Talar geklopft und gesagt: ›Ist ja auch ein Geschöpf Gottes, nicht wahr.‹

Manche behaupten nun, später, aufs Ende zu, als wir schon beim ›Großer Gott, wir loben dich‹ angekommen waren, hätte sich Moritz noch einmal gezeigt, in der Höhe zwischen den Orgelpfeifen. Beschwören kann ich es nicht. Aber eins ist gewiß, seit diesem Sonntag hat die Kirche Zulauf. Die Leute erwarten wohl, daß ihnen der Kater wieder erscheint oder der Heilige Geist höchstpersönlich. Übrigens, was hast du gesagt? Der liebe Gott sieht wie Rosi aus?«

»Ja«, sagte ich, »so stelle ich ihn mir vor bei der Vertreibung aus dem Paradies, krebsrot im Gesicht, Augen wie ein Auto, das nicht abgeblendet ist, und den Arm zum Wegweiser ausgestreckt.«

»Raoul«, sagte meine Großmutter, »ich denke mir, der Herr hat keine Gestalt wie Rosi oder ein anderer Mensch. Aber er wird eine Stimme haben. Mir war jedenfalls, als hätte ich ihn schallend lachen gehört an dem Tag, als sich der Kater in der Kirche spreizte.«

»Kann sein«, sagte Großmutter, »Pälitzhof entwickelt sich zum Wallfahrtsort.«

Darüber lachte Dilan laut und hell.

»Junge«, sagte meine Großmutter bewundernd, »was hast du für ein Silberstimmchen?«

»Ist ja auch ein Mädchen«, sagte ich, und dann konnten wir endlich unsere Geschichte erzählen, die ja auch spannend ist, aber längst nicht so lustig wie die vom roten Moritz.

Am Ende waren die Kartoffeln angebrannt, und meine Großmutter mußte sich selbst beschimpfen. »Nee aber auch, du oller Düsbüttel.«

Wir durften in der Dachkammer schlafen. Weil das Bett so schmal war, daß zwei Leute keinen Platz darin hatten, mußten wir die Schlafsäcke ausrollen. Da lagen wir nun nebeneinander und starrten durch die winzige Dachluke auf das kleine Himmelsrechteck, das sich uns zeigte. Nicht mal ein Rad vom Großen Wagen war zu sehen, geschweige denn das Reiterlein. Aber der Mond leuchtete hell, und mit einem Mal zeichnete er den Schattenriß des Katers ins Lukengitter. Gerade hatte ich vom Wunderkater Munzo erzählt, der mich mit Mäusen hatte füttern und trösten wollen, damals als ich wegen der Scheidung meiner Eltern so traurig war. Leider war er von einem gemeinen Jäger beim Mäusefang im Felde erschossen worden. Nun klopfte der Nachfolger ans Fenster.

Ich öffnete die Luke und war sehr gespannt, ob uns Moritz ein Mäusegeschenk machen wollte. Nein, das Tier kam mit leerem Maul. Das ist kein Kater, der sich beliebt machen muß, das ist ein Macho. Er schrie Dilan an, daß sie ihn sofort streicheln sollte. Mich hat er nicht mal mit dem Hintern angesehen. Und dann ist er tatsächlich zu meinem Mädchen in den Schlafsack gekrochen. Ich hoffe, daß er keine Flöhe hat, aber die würde ich wohl husten hören.

Die Stiege von der Dachkammer zum Flur hinunter ist halsbrecherisch und beinahe so steil wie eine Leiter. In den Stufen hatte der Holzwurm schon gearbeitet, als Mecklenburg-Strelitz noch ein kleines Großherzogtum war. Das ist eine Weile her.

Moritz zeigte uns, wo der Abstieg am sichersten ist. Er tastete sich dicht am Geländer in die Tiefe, und wir folgten ihm.

Großmutter Habenicht, Brille auf der Nase, saß bereits am Kaffeetisch und studierte die Zeitung.

»Guten Morgen, Herr Moritz«, sagte sie spöttisch, denn der Kater hatte als erster die Küche betreten. »Guten Morgen, Kinder.« Sie winkte uns näher, nahm uns bei den Köpfen, und wir mußten sie, einer von rechts und einer von links, auf die Wangen küssen, die leider etwas stachelten. Ich habe trotzdem beim Küssen geschmatzt, damit sie wissen sollte, daß es mir angenehm war.

Als wir uns die Stühle zurechtrücken wollten, sagte sie: »Ungewaschen setzt sich keiner an den Tisch.«

Ich hatte Dilan gerade erzählt, wie zeitsparend es ist, daß es in Pälitzhof kein Badezimmer gibt, und verdrehte die Augen.

Meine Großmutter sagte: »Da ist ein Stück Seife, und dort liegen zwei Handtücher bereit, und nun ab zum See.«

Diese Frau ist so freundlich, daß man ihr zuliebe sogar Sachen macht, die man nicht besonders gerne tut. Wir zischten ab, und als wir uns endlich am Tisch niederlassen konnten, glitzerten wir vor Sauberkeit beinahe so stark wie der Pälitzsee.

»Bitte, laßt es euch schmecken.«

Großmutter Habenicht schob uns den Brotkorb zu. Es stand aber auch, mitten im Sommer, eine Schale mit Äpfeln auf dem Tisch, die waren so appetitlich anzusehen, daß es Dilan lüsterte.

Sie nahm einen Apfel, biß herzhaft hinein und bekam mit einem Mal den starren Blick. Sie wurde so weiß im Gesicht, daß ich dachte, mein Gott, der Apfel wird doch nicht vergiftet sein, sie wird mir doch nicht vom Stuhl kippen. Jeder weiß ja, das arme Schneewittchen hatte ewig und drei Tage in einem gläsernen Sarg herumliegen müssen, bis die Träger beim Abtransport über eine Baumwurzel stolperten und dem Schneewittchen endlich der Apfelgriebs aus dem Halse fuhr. Solange konnte ich nicht warten.

Ich sprang auf und schlug Dilan so kräftig auf den Rücken, daß sie das Stück Obst auf der Stelle ausspuckte.

Aber dann wußte ich auch, was sie zu Tode erschreckt hatte und warum sie sich verschlucken mußte, denn von Dilans Platz aus konnte man die Dorfstraße überblicken. Vor Großmutters Katen hatte ein rostfleckiger Wagen geparkt, und wer war ausgestiegen und kramte im Kofferraum herum? Also das gibt es nicht! Das darf nicht wahr sein! Das haut den Stärksten um. Der Lippenstrippenbart und seine schnurrbärtige Frau packten Teppiche aus und drapierten ihr schäbiges Auto damit. Einen kleinen Tep pich hievte sich der Mann auf die Schulter. Die Frau half ihm dabei. Nun schauten beide auf unser Haus. Gleich würden sie heran sein.

Da hatten wir nun gedacht, hinter den sieben Bergen der Mecklenburgischen Schweiz bei meiner lieben Großmutter Habenicht wären wir in Sicherheit, aber da sind die Verfolger schon, als Krämer verkleidet, diesmal als Teppichhändler. Gleich würden sie rufen: »Gute Ware feil, feil!«

Der alte Trick. Schneewittchens Stiefmutter hatte es so gemacht, als sie mit vergifteten Kämmen hausierte. »Was hast du?« rief meine Großmutter und faßte Dilan am Kinn. »Du siehst ja aus wie die Gans, wenn's donnert.«

Ich erläuterte, was zu befürchten war.

»Immer mit der Ruhe«, sagte meine Großmutter und verstaute erst einmal unsere beiden Gedecke im Schrank. Dann sagte sie: »Ihr müßt euch verstecken.«

Ich wußte sofort wo. Unter der Stiege befand sich ein Bretterverschlag, größer als ein Küchenschrank. Dahinter wurden die Wischeimer aufbewahrt, Schrubber, Lappen, Besen und so weiter.

»Hinein mit euch!«

Und schon kauerten wir in der Dunkelheit auf zwei umgestülpten Eimern. Der feuchte Scheuerlappen roch säuerlich, und Bohnerwachs duftet auch nicht gerade wie Mutters Parfüm. Ich hatte schon Angst, daß wir an unangenehmen Gerüchen ersticken müßten, aber dann entdeckten wir ein paar fünfmarkstückgroße Astlöcher. Der Verschlag war also gut durchlüftet, und wir hatten sogar einen Durchblick.

Jetzt wurde mit harten Knöcheln angeklopft. Wir vernahmen die Stimme: »Schöne Ware, gute Ware, Teppiche echt aus Orient.«

Nun das Knarren der Haustür. Ich konnte mir vorstellen, wie sich meine Großmutter vor der Haustür aufbaute, so fest wie ein hingestauchter, praller Kartoffelsack, wie sie die Fäuste in die Seite stemmte und die Arme gehenkelt hatte. Und ihre Stimme war zum Fürchten, als sie fragte: »Sie wünschen?«

Noch einmal: »Schöne Ware, echt aus Orient!«

»Guter Mann«, sprach meine Großmutter, »wir leben auf dem Lande, Hausflur und Küche sind mit Ziegelsteinen ausgelegt, und wie oft passiert es, daß die Hühner hereinspazieren und ihren Dreck fallen lassen. Oder die Katze setzt mir einen Haufen hin. Dagegen hilft bloß Seifenzeug und eimerweise Wasser.«

»Ich schenken Teppich«, sagte der Lippenstrippenbart, »wenn Sie verraten, wo der Junge gefangen hat Dilan, das Mädchen.«

Meine Großmutter ließ sich nicht erschrecken. »Bitte«, sagte sie, »kommen Sie doch spaßeshalber herein. Ach, das ist wohl die Frau Gemahlin? Habenicht mein Name.«

Der Lippenstrippenbart stellte sich vor. Wie er hieß, hab ich nicht verstanden.

»I-ne-nü.« Dilan hauchte mir den Namen zu.

Wir hatten jeder ein Auge am Astloch und alles im Blick. Großmutter hatte die Stubentür offengelassen.

Wir sahen, daß sich der Mann und die Frau hinsetzen durften, der Großmutter gegenüber.

Sie hielt Moritz auf dem Schoß und sagte: »Wissen Sie, Herr Immerzu.«

»Inenü.«

»Wissen Sie«, sagte meine Großmutter, »Raoul Habenicht, was mein Enkel ist, der mochte von klein auf Tiere. Er hatte zwei Meerschweinchen, war eng befreundet mit meinem Oberkater Munzo, der leider verstorben ist, und er hielt sich bunte Vögel im Käfig. Aber ich kann mir nicht denken, daß er ein Mädchen gefangen hält. Wie kommen Sie auf den Gedanken?«

»Wir haben gesehen, beide.« Die Frau benickte seine Rede so heftig, daß ihr das Kopftuch in den Nacken rutschte.

»Sie sind also die Eltern?« rief meine Großmutter scheinheilig.

Er sagte: »Nix Eltern, aber wie Onkel und Tante.« Und er erzählte, wie er Dilan getroffen hatte. »Das ist her paar Wochen vielleicht, das ist Hamburg, das ist schon Nacht, das ist Nähe von Bahnhof. Frau, wo sie herumspazieren, die Huren, die Stricher, die Fixer, die Freier. Wo ist großes Gefahr für junges Leben. Da steht das Mädchen, zwölf Jahre, sieht aus edel und schön und sehr hungrig.« Er schenkt Apfel her, zwei, drei Stück, und er baut grade Bude ab. Das Mädchen hilft ihm dabei. Er sagt, daß er muß weiterziehen bis nach Mecklenburg. Sie macht traurige Augen, hat Tante in Mecklenburg. Kann er sie mitnehmen? Sie hat keine Papiere, aber er hat ein Herz, wie Butter so weich, er nimmt mit das Mädchen nach Mecklenburg, findet billig Quartier im Asylantenheim. Aber wo ist Tante? Mädchen ist schön. Mädchen ist schlecht. Mädchen hat ihn belogen.

Wir hockten im Verschlag. Dilans Gesicht war nur schwach beleuchtet von dem Lichtschein, der durch die Astlöcher fiel.

Ich sah sie fragend an, und sie hat genickt, als wollte sie sagen: Es ist so, wie der Lippenstrippenbart erzählt. Und die Reisekosten hatte sie wett gemacht, nämlich für den Händler gearbeitet, ganz ohne Lohn, wie die arme Gänsemagd.

Da sah ich durchs Astloch, wie der Kater mit einem Satz von Großmutters Schoß heruntersprang, die Stube durchquerte und an unserem Verschlag herumkratzte. Und ich hörte, wie kläglich er schrie.

Ich glaube nicht, daß uns Moritz verraten wollte. Tiere können vieles nicht, was Menschen fertigbringen, zum Beispiel eine Gemeinheit begehen. Tiere sind arglos, das ist ihre Natur. Vielleicht hatte der Kater die Nase voll von der Rederei am Tisch, oder er hatte es rascheln gehört. Auch wir vernahmen jetzt das leise Geräusch und erkannten in der Dämmerung eine niedliche kleine Maus, die am Besenstil herumturnte. Vielleicht hatte Moritz die Gefahr gerochen und gemeint, Dilan würde sich fürchten und loskreischen wegen der Maus. Kann sein, er wollte das Nagetier aus Vorsicht fangen, kam aber nicht in den Verschlag und schrie, weil er sich ärgerte.

Auch meine Großmutter war ärgerlich. Sie erhob sich, packte den Kater beim Schlafittchen und warf das schöne Tier im hohen Bogen hinaus in den Hof. Dann setzte sie sich wieder an den Tisch, strich ihre Schürze glatt und fragte: »Was hatten Sie doch gleich gesagt?«

Der Lippenstrippenbart sagte: »Wo ist Dilan?«

Meine Großmutter hob die Schultern bis hinauf zu den Ohren, dann sprach sie: »Falls Raoul in den Ferien vorbeikommt, ich kann ihn ja mal fragen.«

Der Lippenstrippenbart sah sich aufmerksam um. Er sagte: »Kleines Haus, kleines Stube, altes Möbel, wie bei armes Leut in der Türkei.«

»Tja«, antwortete meine Großmutter. »Ich bin und bleibe eine Habenichts.« Sie lachte.

Da hat der Herr Inenü zuerst an einer Strippe des Lippenbartes gekaut und dann ein Angebot gemacht. »Ich bezahlen, wenn helfen, Dilan fangen.«

Ich dachte, dieser Strolch. Er wird die Belohnung mit ihr teilen wollen, aber da beißt er bei meiner Oma Habenicht auf Granit.

Sie sagte: »Christus der Herr wurde verraten um dreißig Silberlinge. Was ist Ihnen das Mädchen wert?«

»Fünfhundert Mark.« Die Antwort kam wie aus der Pistole geschossen.

»Was«, rief meine Großmutter empört, »ein solch kleiner Betrag für eine so große Gemeinheit?«

»Siebenhundertfünfzig Mark.« Der Lippenstrippenbart erhöhte.

Meine Großmutter winkte ab. Sie sagte: »Überlassen Sie die Fahndung mal getrost der Polizei, Herr Immerzu. Oder haben Sie ein persönliches Interesse, das Mädchen zu fangen?«

Herr Inenü sagte: »Das Mädchen hat mir gestohlen wertvollen Ring mit Diamant, so groß wie Taubenei.«

Der Mensch kann nur eine bestimmte Menge an Gemeinheiten ertragen, dann braust er auf, dann schäumt er über vor Wut. Jedenfalls mir geht das so. Ich brüllte: »Lüge!« Und dann sprengte ich die Tür des Verschlages, sie flog krachend auf. Ich kroch heraus, befreite Dilan und schrie noch einmal: »Er lügt!«

Bestimmt war es tapfer, daß ich der Verleumdung entgegentrat, aber klug war es nicht.

Der Lippenstrippenbart grinste und sagte: »Da haben wir ja Verbrecherpaar. Nun wissen wir ja Versteck.«

Seine schnurrbärtige Frau hob das Kinn, riß den Mund auf, und ihre dicke Brust schüttelte sich, so lachte sie in der Schadenfreude.

Meine Großmutter erhob sich zu voller Größe. Jetzt sah sie aus, so gewaltig wie zwei volle Kartoffelsäcke in einem. Sie rief: »Verlassen Sie mein Haus!« und hat den Herrn Inenü mitsamt seiner schnurrbärtigen Lachtaube hinausgeworfen. Bei dieser Gelegenheit schlüpfte der Kater wieder ins Haus.

Ich nahm Dilan in den Arm und sagte: »Sie werden uns verraten.«

»Ach Falada, da du hangest.
Ach Jungfer Königin, da du gangest,
wenn das deine Mutter wüßte,
das Herz im Leib tät ihr zerspringen.«

Mich drückte die Sorge nieder, so daß ich gekrümmt in der Stube auf und ab gehen mußte. Eine Hand hielt ich auf dem Rücken, mit der anderen faßte ich an die Stirn, wie Kommissar Columbo, wenn er kombiniert. Kann sein, daß ich sogar ein bißchen schielte, so strengte mich das Denken an.

Dilan und Großmutter sahen bei dieser Arbeit schweigend zu. Ich fragte: »Was wird er tun, der Lippenstrippenbart? Zur Polizei gehen und die Belohnung kassieren? Sie werden ihn ins Gebet nehmen. Wieso handelt er einmal mit Obst und ein anderes Mal mit Teppichen? Das ist doch ein Strolch. Der läuft nicht zur Polizei. Aber zu Doktor Fleischhacker von der Mecklenburgischen Rundschau wahrscheinlich. Hat ihm ja schon ein Bild von Dilan verkauft. Oder er steckt mit Kalbsauge unter einer Decke, dann dauert es nicht lange, und die schwarzen Ritter satteln ihre Pferde. Wollen wir warten, bis sie vor dem Haus stehen?« Ich sagte: »Dilan, wir müssen weiter. Die Schlafsäcke zusammenrollen und auf die Gepäckträger klemmen und ab.«

Großmutter Habenicht sagte bekümmert: »Wie lange wollt ihr davonlaufen? Ihr müßt euch stellen.«

»Und was dann, Großmutter? Dilan wird todsicher abgeschoben und wird in der Türkei verschwinden, so wie der Wasserdampf in der Luft verschwindet, wenn dein Teekessel auf dem Herd faucht. Vielleicht ist noch eine kleine Wolke am Himmel zu sehen, dann kommt ein Wind auf, und auch sie ist verschwunden. Ich will Dilan behalten.«

Wir holten die Räder aus dem Schuppen, verstauten

unser Zeug und verabschiedeten uns freundlich und traurig. Mit einem Mal sprang Moritz, der Rote, auf den Gepäckträger von Dilans Rad, er wollte mit uns auf die Reise gehen.

Da fiel mir ein, wie er durch seinen Auftritt den Gottesdienst bereichert hatte, und da kam mir die Idee. Ich sagte zu meiner Großmutter Habenicht: »Wir sind in der Kirche, falls jemand nach uns fragen sollte.«

6

Die Kirche von Pälitzhof duckt sich hinter eine klobige Feldsteinmauer, als wollte sie von weitem nicht gesehen werden. Sie ist bloß so groß wie eine kleine Scheune, ein Fachwerkbau mit hohen, weißgestrichenen Fenstern und einem Dach darauf, das aussieht wie ein umgestülptes Boot. Vielleicht könnte man es im Notfall auf dem Pälitzsee zu Wasser lassen als eine Arche Noah. Die zweite Sintflut kommt bestimmt. In der Zeitung steht jeden Tag, daß wir mit dem Müll nicht fertig werden. Wahrscheinlich hilft bloß eine gewaltige Wasserspülung von oben, dann eine raschere Drehung der Erdkugel, und das ganze Dreckzeug wird auf einen anderen Stern abgekippt, der nicht bewohnbar ist und sich deshalb nicht beschweren kann.

Die Kirche ist also klein, und für einen Turm hatte es auch nicht gereicht. Vielleicht ist Mecklenburg-Vorpommern schon immer das ärmste von den Bundesländern gewesen, auch als Großherzogtum. Der Glockenturm muß neben dem Kirchlein auf der Erde stehen, und das ist etwas Besonderes, glaube ich.

Dilan und ich hatten die Feldsteinmauer fast erreicht, da hörten wir das häßliche Geräusch in der Ferne, Motorradlärm. Gleich würden sie auf ihren eisernen Gäulen heranreiten, die schwarzen Ritter mit heruntergelassenen Visieren, und dann sahen wir auch, wie sich die Spitze des Heerwurmes über dem Hügel heranschlängelte.

Zum Glück waren wir schon auf dem Friedhof.

Ich fragte Dilan: »Hast du den wertvollen Film ›Der Glöckner von Notre-Dame‹ gesehen?«

»Ja«, sagte sie, »aber was soll das, Raoul?«

»Paß auf«, rief ich, »jetzt mache ich den Quasimodo.« Ich schmiß mein Fahrrad zur Seite, beinahe wäre es gegen einen Grabstein geknallt, und turnte ins Gebälk. Dann sprang ich ab und hing mich an die große Glocke. Ich läutete sie.

Der Pfarrer stürzte aus dem Hause. Ich habe ja schon erzählt, daß Herr Münch in schäbigen Jeans herumrennt. Vielleicht war er gerade vom Frühstück aufgestanden, jedenfalls kam er in Latschen herangewetzt, erkannte mich, und nun versuchte er, mit seinem Baß gegen die große Glocke anzutönen. Er brüllte: »Bist du des Teufels, Habenicht?«

Ich sprang ab. Leider hatte ich keine Zeit, viel zu erklären oder viel zu erzählen. Die Glocke lärmte weiter, man hätte sowieso kein Wort verstanden.

Gott sei Dank hatte ich ein Stück Kreide mitgenommen. Ich faßte Dilan bei der Hand, wir rannten zum Kirchenportal. Der Schlüssel steckte zum Glück, und nun malte ich mit gelber Kreide an die braune Tür: »Asyl.«

Pastor Münch schob das Kinn nach vorn und bekam einen durchbohrenden Blick. Aber ich traute ihm.

Der Mann hatte mir mal die schreckliche Geschichte erzählt von den neugeborenen, unschuldigen Judenknaben, die auf Befehl des Pharaos zum Schlachten abgeliefert werden mußten. Die alten Ägypter hatten nämlich gedacht, so könnten sie ihr Ausländerproblem aus der Welt schaffen. Gottlob hielt sich die Tochter des Pharaos nicht an den Paragraphen. Als sie im Nil baden gehen wollte, kam ein Kästchen mit dem kleinen Moses angeschwommen, und die Prinzessin hat den Jungen nicht umbringen lassen, sondern an Land gezogen, so daß er später berühmt werden konnte und in die Biblische Geschichte kam, ich glaube, mit fünf Büchern.

Pastor Münch würde uns auch nicht wegen irgendeines blöden Paragraphen ausliefern. Da war ich sicher.

Ich schloß das Tor, und dann haben wir die Galerie erstiegen und nicht lange suchen müssen, bis wir einen Fensterplatz gefunden hatten, der uns einen schönen Ausblick bot.

Es war so aufregend wie ein Sommertheater, das meistens im Freien stattfindet, wie die Karl-May-Festspiele auf der Felsenbühne Rathen. Sie sind das beste, was Sachsen zu bieten hat.

Wir schauten zu, aber eigentlich waren wir die Hauptdarsteller. Es würde sicher noch eine Weile dauern, bis wir auftreten und mitspielen durften, und ich hoffte sehr, daß Dilan und ich als Sieger hervorgehen würden. Vielleicht mußten wir aber auch so schrecklich untergehen wie

Romeo und Julia, dann könnten sie uns als traurige Leichen vor dem Altar herumliegen lassen bis zur Totenfeier.

Zuerst trat meine Großmutter Habenicht auf. Sie kam auf einem Fahrrad herangekeucht, schwankte vor Anstrengung von links nach rechts und umgekehrt, und ich war heilfroh, daß sie es ohne Unfall bis zum Friedhof geschafft hatte. Dort lehnte sie das Damenrad gegen die Feldsteinmauer. Dann hastete sie auf Pastor Münch zu, der sich inzwischen anständige Schuhe angezogen hatte, und rang schon von weitem die Hände.

Obwohl es nicht zum Lachen ist, macht es einen komischen Eindruck, wenn sich dicke Menschen so aufregen, daß die Körpermasse zittert. Man sieht das manchmal im Bundestag.

Wahrscheinlich erzählte meine Großmutter, was sie von Dilans drohender Abschiebung wußte. Pastor Münch schüttelte den Kopf, nickte und schüttelte sich wieder. Dann blickte er hoch und erkannte uns hinter dem Kirchenfenster. Moritz, der Rote, war zu uns gestoßen. Ich hob eine seiner Vorderpfoten und winkte dem Pastor damit.

Es ist toll, wie lange eine Glocke tönen kann, wenn sie erst einmal schwingt. Es ging immer noch boing, boing, boing! Und das mitten in der Woche. Wenn nicht gerade der Sonntag eingeläutet wird oder eine Hochzeit, bedeutet Glockengeläut Gefahr, daß ein feindliches Heer im Anmarsch ist, daß eine Feuersbrunst aufflackert oder sonstwas Unangenehmes. Viele Leute auf dem Dorf wissen das noch. Die Sekretärin des Bürgermeisters schob die

Kaffeetasse beiseite und öffnete das Fenster, um sich hinauszulehnen. Der Bauer auf dem Feld hielt den Trecker an, der Kaufmann schloß den Laden zu, und viele machten sich auf den Weg zum Kirchenhügel.

Die schwarzen Reiter waren vor ihnen da. Sie hatten die Motorräder draußen vor der Mauer stehen gelassen, nun schritten sie rasselnd heran, eingezwängt in glänzendes Lederzeug, kahlköpfig, die Helme im gewinkelten Arm, acht junge Männer, die aussahen, als wollten sie in den Krieg ziehen.

An der Spitze marschierte der größte und dickste von ihnen. Ich stieß Dilan an. »Bitte, kneif mich mal, das ist Kalbsauge.«

Der Pfarrer und meine Großmutter waren vor dem Aufmarsch bis zum Kirchenportal zurückgewichen. Dort standen sie, mit dem Rücken zur Wand, Großmutter Habenicht mit wehender Kittelschürze, und hätte Pastor Münch die Jeans nicht hauteng getragen, sie wären ihm bestimmt auch ins Flattern gekommen. Die beiden hatten gar nichts in den Händen, keine Waffe, nicht mal ein Kreuz hatte der Pastor zur Hand, das er der Rasselbande hätte entgegenhalten können.

Alles, was ihm fehlte, mußte der dünne Mann in seine Stimme legen. Von meiner Großmutter wußte ich allerdings, daß er sogar die gewaltige Stimme Gott des Herrn nachmachen konnte, der im Garten Eden nach Apfeldieben gesucht und zornig gerufen hatte: ›Adam, wo bist du!‹

Jetzt hob er die Hände und schob sie mit gespreizten Fingern dem Ansturm entgegen. Die Kahlköpfe waren nur noch vier oder fünf Schritte entfernt. Pastor Münch brüllte: »Halt!«

Und weil Kalbsauge vergaß, ein Kommando zu erteilen, sondern einfach stehenblieb, als ihm die Stimme wie ein Donnerschlag in die Ohren fuhr, knallten die übrigen sieben schwarzen Ritter aufeinander wie bei einer Massenkarambolage, traten sich in die Hacken und verklumpten sich. Aber so ein großer, unordentlicher schwarzer Haufen wirkt immer noch ziemlich eindrucksvoll.

Malte, der Führer, hat einen gewaltigen Körper und eine hohe Stimme, die so quäkig klingt wie die von Wendelin, dem Elefanten, wenn er auf dem Fernsehsofa sitzt. Er sagte: »Da drin steckt Habenicht«, und reckte seinen fleischigen Arm aus, nicht zum Gruß, sondern als wäre das ein Rammbalken, mit dem er das Kirchenportal zersplittern könnte. »Diese sehr alte Dame hat es gestanden.« Malte wollte mit dem Finger gegen meine Oma stoßen, aber ich habe ja schon erzählt, daß sie so majestätisch aussehen kann wie mehrere prall gefüllte Kartoffelsäcke. Und sie stand auf den Stufen des Münsters von Pälitzhof, war also hochgestellter als der Einsneunzigmann. Da ließ er die Hand vorsichtshalber sinken.

Aber dann schimpfte und quäkte er, beinahe wie Änschie, als sie ihre blöde Puppe wiederhaben wollte. »Habenicht hat eine Ausländerin bei sich, ohne Papiere, eine Streunerin. Wir wollen sie haben. Wir wollen sie auf der Polizei abliefern. Wir sind für Ordnung, aber uns wollen sie die Verschleppung anhängen. Das ist eine Sauerei.«

Pastor Münch deutete schweigend gegen das Portal. Wahrscheinlich zeigte er auf die Kreideinschrift: »Asyl.«

»Das ist ja Quatsch«, quäkte Malte. »Wir holen uns die verdammte Ausländerin.«

Und die schwarzen Gestalten heulten auf, wie immer an der spannenden Stelle im Western, wenn das blöde Volk das Sheriffbüro stürmen will, um einen unschuldigen Menschen herauszuholen und aufzubammeln.

»Ach, Falada, da du hangest.
Ach, Jungfer Königin, da du gangest.«

Jetzt würden wir ins Spiel kommen, Dilan und ich.

Aber gerade als es spannend wurde, schrie uns der Kater an und jammerte und wollte unbedingt raus. Ich konnte nicht verantworten, daß er einen Haufen unter die Kirchenbänke setzte.

Der Kirchhof war inzwischen von vielen Menschen überfüllt, Dorfbewohner, die die Glocke gehört hatten, und Feriengäste, die auf Abenteuerurlaub in Mecklenburg weilten. Sie standen zwischen den Gräberreihen herum, und einige hockten hoch oben auf der Feldsteinmauer.

Malte quäkte also: »Wir holen uns die verdammte Ausländerin!«, und seine verhetzte Begleitung stimmte brüllend zu. Da öffnete sich mit einem Mal knarrend und ächzend die Kirchentür, und jedes andere Geräusch verstummte. Zweihundert Menschen hielten den Atem an, die Eltern hievten die Kinder hoch, damit sie erleben konnten, wie die schöne Esmeralda das Asyl verlassen mußte, weil sie der Glöckner nicht länger hatte beschützen können.

Aber die Zigeunerin erschien nicht. Statt dessen trat ein Kater mit hocherhobenem Schweif heraus und baute sich zwischen meiner Großmutter und dem Pastor als Standbild auf.

Einige Leute lachten. Andere klatschten in die Hände. Blitzlicht. Ein paar Urlauber hatten die Kameras gezückt und wollten die Sensation für das Familienalbum festhalten. Es war ja auch ein starkes Stück, wie meine Großmutter Habenicht und Pastor Münch mit Unterstützung einer Katze Sankt Michael gegen den Ansturm der schwarzen Reiter verteidigten.

Pastor Münch rief: »Dies ist ein Ort des Friedens und der Stille, und hier gebiete ich im Namen des Herrn. Bitte, verlassen Sie den Kirchhof!«

Die Schwarzuniformierten lachten höhnisch.

Kalbsauge schwollen der Hals und die Backen an, so mußte er sich anstrengen, um seine Quäkstimme zu verstärken. »Nicht ohne die Ausländerin! Nicht ohne Habenicht! Habenicht raus!«

Was er ihnen vorplärrte, wiederholte seine Gefolgschaft im Sprechchor, bis sie sich heiser geschrien hatte. »Habenicht raus! Habenicht raus!«

Kaum waren sie verstummt, da rissen ein paar Kinder die Schnäbel auf, so weit wie hungrige Spatzenjunge. Sie hielten sich bei den Händen und piepsten: »Katze rein! Katze rein!« Es war der Kindergarten von Palitzhof, der Ausgang erhalten hatte. Wahrscheinlich fürchteten die

Kleinen, dem schönen roten Kater könnte ein Unglück zustoßen, und wünschten, daß er sich in Sicherheit brachte.

Diese Kinder waren so klein, daß sie noch nicht einmal zur Schule zu gehen brauchten, aber sie hatten eine Ahnung, wie gefährlich die schwarzen Reiter waren, und hatten also mehr Durchblick als viele der Großen, die sich amüsierten wie auf dem Rummel. Immer mehr Menschen zwängten sich zwischen die Gräberreihen, und nun läutete sogar eine kleine Glocke.

Ich kannte sie. Es war die Bimmel eines Jungunternehmers aus dem Dorf. Der Mann hieß Vielhaber und war ein fliegender Händler. Natürlich konnte er nicht wirklich fliegen, aber er nannte sich so, weil er mit seinem buntbemalten Lieferwagen unheimlich schnell von einem Ort zum andern eilen konnte. Meine Großmutter Habenicht meint, Herr Vielhaber hätte eine Nase für das Geschäft. Wahrscheinlich kann er riechen, wo viele Menschen zusammenströmen und Hunger kriegen. Und schon ist er zur Stelle, schwingt seine Bimmel und ruft: »Eis! Belegte Brötchen! Bier!«

Nun wußten einige Leute nicht mehr, sollten sie abwarten, wie das Trauerspiel vor der Kirchentür ausgehen würde, oder sollten sie erst einmal nach Eis anstehen. Einige wendeten sich nach hinten, andere drängten nach vorn. Die Unruhe wuchs, und jetzt hatte Pastor Münch wahrscheinlich die Nase voll. Meistens benutzt dieser Mann eine gebildete Aussprache. Aber nun schüttelte er vor Zorn die Fäuste und brüllte in die Unruhe hinein: »Es reicht mir, verdammt noch mal! Haut ab, ihr Strolche, oder soll ich euch Beine machen!«

»Ja, womit denn?« Die schwarzen Reiter lachten ihn aus. Sie hielten sich nicht an sein Gebot, sondern taten das Gegenteil. Sie stellten sich militärisch auf, acht Männer, breitbeinig, einer am anderen, und bildeten so eine Art Menschenmauer. Keine fünf Schritte vom Kirchenportal entfernt. Wer wollte sie umstoßen?

Dilan und ich sahen uns an. Hätten wir auch noch einmal davongewollt, an denen wären wir nicht vorbeigekommen. Wir saßen in der Falle. Es war zum Heulen, aber die vielen Leute unten vor der Kirche benahmen sich, als wären sie Zuschauer bei einem spannenden Match auf dem Fußballplatz. Es stand immer noch null zu null.

Da kam es zu einem Zwischenfall. An der Friedhofsmauer fuhr mit kreischenden Reifen ein Mercedes vor. Der Wagen wippte vor dem schmiedeeisernen Tor, so heftig hatte der Fahrer auf die Bremse gelatscht. Die Türen flogen auf, vier Menschen stürzten heraus. »Kneif mich. Dilan, ich kenne sie alle.«

»Ich seh deine Großeltern Parisius. Wir kriegen Verstärkung, Raoul.« Dilan freute sich.

Ich sagte: »Die schöne Frau im hellen Sommerzeug, das ist meine Mutter. Und der Glatzkopf im schlabbrigen Anzug, das ist Big Woldi.«

»Wo kommen sie her?«

Ich preßte den Handballen gegen meine Stirn, wie Kommissar Columbo, kurz bevor er auf die Lösung kommt. Großmutter Parisius hat in München telefonisch

Alarm geschlagen und meine Mutter von ihrem blöden Computer weggescheucht. Und meine Mutter hat sich die rasende Tomate geschnappt, ist ohne Pause bis in die Oststadt gezischt und hat Big Woldi den Marsch geblasen. »Schau ihn doch an, den Dicken. Er sieht total zerknittert aus und muß sich den Schweiß von der Platte wischen.«

Meine Mutter stürzte sich in die Menge. Sie ruderte mit den Armen wie ein Mensch, der sich der Brandung entgegenwirft, und rief: »Ich will zu meinem armen Kind!«

Vielleicht dachte sie, ich wäre gar nicht mehr am Leben und sie müßte sich durch die Leute hindurchkämpfen, um auf dem Friedhof an meiner Leiche niederzusinken. Aber so weit war es noch nicht.

Ich mußte ihr ein Zeichen geben. Also kletterte ich auf die Lehne einer der Kirchenbänke, die auf der Galerie standen, reckte mich aus, und nach einer Weile gelang es mir, einen der altertümlichen, rostigen Riegel zu lösen.

Die Kirchenfenster waren unheimlich hoch und mehrfach geteilt. Sie reichten vom Altarraum über die Galerie bis beinahe hinauf unter das Dach. Ich balancierte also auf der Rücklehne einer Bank, nicht weit von der Orgel im oberen Drittel des Fensters, öffnete eine Scheibe, machte einen Klimmzug und zwängte meinen Oberkörper hinaus ins Freie.

Da ging ein Raunen durch die Menge. Die Menschen blickten auf zu mir. Es muß ziemlich selbstmörderisch ausgesehen haben, wie sich hoch oben ein Kopf mit Igelschnitt und Nickelbrille durch eine Luke schob, hinterher ein Stück vom Rumpf, das waren meine Körperteile. Und ich brüllte: »Mama, ich lebe!«

»Raouli!«

Die Menge bildete eine Gasse, um meine Mutter durchzulassen.

Mama eilte näher, mit wehendem, schwingendem Haar, und meine Verwandtschaft folgte im Schlepptau.

Aber dann kamen sie alle nicht weiter, denn mitten im Weg standen die schwarzen Reiter, als wollten sie gleich die Schwerter kreuzen, breitbeinig, einer neben dem anderen, und Kalbsauge tönte: »Habenicht und die Ausländerin gehören uns!«

Und was dann passierte, geschah alles beinahe zur gleichen Zeit.

Ich hing oben unter dem Kirchendach neben den Schwalbennestern, hatte also eine Vogelperspektive und einen guten Überblick. Ich sah die acht schwarzen Reiter, sie standen stur wie ein Stück Mauerwerk.

Dahinter stand meine Mutter und streckte die Arme nach mir aus.

Hinter ihr standen meine Verwandten, und hinter denen standen die Zuschauer Kopf an Kopf, vielleicht zweihundert oder mehr.

Auf der anderen Seite, auf den Stufen des Münsters, stand meine Großmutter Habenicht, so eindrucksvoll wie ein praller Kartoffelsack. Daneben Pastor Münch, in so engen Jeans, daß sie auf keinen Fall ins Flattern kommen konnten.

Und all diese Menschen waren regungslos, wie in dem

Augenblick, als der böse Fluch in Erfüllung ging, weil sich Dornröschen an der Spindel gestochen hatte. Jedes Kind kennt die Geschichte, wie der Koch den Küchenjungen zausen wollte, aber loslassen und im Stehen einschlafen mußte. Und der Wind legte sich, und auf den alten Lindenbäumen vor der Kirche regte sich kein Blatt mehr.

Der einzige, der sich bewegte, war Moritz, der rote Kater. Er tappte die Stufen abwärts, hieb furchtlos eine Tatze nach der anderen in den Sand, und latschte auf die schwarzen Reiter zu. Er schritt ihre Front ab, hielt vor Malte, dem Kalbsauge, an, maunzte und machte Männchen, wie es immer tut, wenn er Lust hat, gestreichelt zu werden. Er wünschte sich ein bißchen Freundlichkeit.

Malte dachte vielleicht, Moritz wäre eine Kampfkatze, die ihn angreifen wollte oder so was. Er packte den Kater. Moritz ließ es sich gefallen. Er ist ja zahm und noch jung und hatte bis zu diesem Augenblick bestimmt nicht gewußt, wie gemein Menschen sein können. Ich glaube, er schnurrte sogar, bis ihn Malte plötzlich beim Schwanz ergriff und das Tier daran herumwirbelte, wie ein Hammerwerfer, ehe er das dicke Ding sausen läßt.

Der Kater zischte wie ein Wurfgeschoß durch die Luft. Und wäre Moritz nicht eine geschmeidige Katze gewesen, dann hätte er sich das Genick gebrochen. Zum Glück machte er eine Bauchlandung auf dem Glockenstuhl.

Als die vielen Menschen die Tierquälerei besichtigen mußten, brüllten sie auf, so zornig wie zehntausend Fußballfans bei einem verpatzten Tor. Dieser Wutschrei war so laut, daß vor Schreck die Sperlinge aufflogen.

Die Kinder hatten vergeblich gefordert: »Katze rein!« Nun drückten sie heulend ihre Köpfe gegen die Bäuche von Müttern und Vätern und kriegten deshalb gar nicht mit, wie meine Großmutter Habenicht mit schlenkrigem Rock auf die schwarzen Reiter zumarschierte.

Kein Mensch denkt etwas Schlimmes, wenn eine ziemlich alte Dame anrückt. Auch die schwarzen Reiter nicht. Meine Oma griff sich den Malte vorn beim Hemd, zog ihn ein wenig herunter zu sich, als ob sie ihn so besser küssen könnte. Aber dann schlug sie ihm die Hand von rechts und von links ins Gesicht.

Da tobte die Menge vor Begeisterung, klatschte und schrie: »Bravo, Oma! Gib's ihm!« Und noch mehr solche Sachen.

Zuerst hatte ich Angst. Wer Tiere quält, dem trau ich alles zu. Der vergreift sich auch an einer alten Frau. Aber dann sah ich, daß meine tapfere Oma einen Beschützer hatte. Big Woldi stand ihr zur Seite. Er ist beinahe so groß wie Kalbsauge, aber mächtiger im Umfang, und machte einen starken Eindruck, wie er so dastand, im dunklen Sargverkäuferanzug, der seinen Bauch locker umschlabberte.

Big Woldi und Malte starrten sich eine Weile an, aber dann konnte jedermann erkennen, was eine echte Glatze ist. Die von Big Woldi war spiegelblank und funkelte wie eine Warnleuchte. Die von Malte dagegen wirkte so bleich wie ein Schimmelkäse.

Kalbsauge mußte den Kopf senken.

Starker Beifall.

Großmutter Habenicht patschte sich die Hände ab, als hätte sie was Schmutziges angefaßt, und dann verneigte sie sich in Richtung ihrer Fans. Die riefen immer noch: »Bravo, Oma!«

Was sollten die schwarzen Reiter machen. Sie rückten von Malte ab, mindestens einen Meter. Vielleicht dachten sie, Kalbsauge wäre als deutscher Mann entehrt, weil er sich von einer Großmutter hatte ohrfeigen lassen.

Und nun war es auch Zeit, daß sie sich endlich davonmachten. Das Blättchen hatte sich gewendet. Die Leute riefen im Sprechchor: »Schwarze Reiter raus! Schwarze Reiter raus!«

Pastor Münch sprach das Machtwort. »Hinweg mit euch!« Dann reckte er den Arm zum Wegweiser aus und zeigte den Glatzköpfen, wo es zum Ausgang des Friedhofes ging. Dort wartete schon die Polizei.

Mit dieser Ausweisung war ich einverstanden.

Ja, und dann konnte meine Großmutter Habenicht endlich meine Großmutter Parisius begrüßen. Die eine hatte in der Eile nicht mal die blaue Küchenschürze mit der roten Borte ablegen können, und die andere war ganz in Lila gekleidet, hatte so einen komischen Hut auf dem Kopf wie die Königin von England und eine Handtasche am Arm. Aber sie schüttelten sich die Hände wie gute Kumpel und sind ja als meine Großmütter auch Kolleginnen.

Nun konnte ich auf die Galerie zurück. Ich schloß die Fensterluke, sprang auf die Bank, von der Bank auf die Fußbodenplanken, dann nahm ich Dilan bei der Hand, um mit ihr treppab zu hüpfen.

Dilan fragte: »Weißt du, wie die Geschichte weitergehen soll?«

»Ich denke schon, Dilan.«

Ich öffnete das Kirchenportal und trat zuerst allein ins Freie. Meine Verwandtschaft stand am Fuß der steinernen Treppe und diskutierte mit Pastor Münch.

Aber nun wendeten alle die Köpfe und freuten sich und hoben die Hände nach mir. Alle wollten mich haben. Keiner dachte an Dilan.

Meine Mutter ist die schönste, die jüngste und die schnellste von allen Frauen der Familie. Sie flog mit ausgebreiteten Armen die Stufen empor und wollte mich an sich reißen. Jetzt, als ich sie wiedersah, wußte ich auf einmal, wie lieb ich sie hatte. Ich hätte mich gerne von ihr umklammern, hin und her wiegen und abküssen lassen, aber ich mußte mich beherrschen.

Ich sagte: »Moment mal, Mama!« und zog mich noch einmal kurz hinter das Portal zurück. Denn jetzt war in dem Freilichttheater endlich Dilans und meine große Nummer dran.

Ich führte Dilan aus der Kirche, und ich machte das genau so, wie ich das einmal in einem wertvollen Film gesehen hatte. Zwar hatten wir keinen Haushofmeister, der mit dem Stab auf den Fußboden klopfen konnte, um unseren Auftritt anzukündigen, aber ich hielt meine rechte Hand so stolz in der Schwebe wie ein echter Königssohn. Und Dilan legte ihre Fingerspitzen darauf, aber sie hat nicht ausgesehen wie eine Prinzessin, sondern wie ein verheulter kleiner Straßenjunge mit einer seidigen Fellkappe auf dem Kopf, die mit der Spitze in die Stirn ragte. Die Leute haben bravo gebrüllt und geklatscht, wie nach der Heldentat meiner Großmutter Habenicht.

Ich sagte: »Wir sind zwei, Mama.«

Mutter hatte Tränen in den Augen, dann hat sie genickt und nach einem Taschentuch suchen müssen.

Und dann waren wir sogar drei, denn Moritz, der rote, hinkte heran, und weil er nicht gut auf den Beinen war, mußte ihn Dilan in die Arme nehmen, als wir die Stufen des Münsters herabschritten.

Wir waren die Sieger, glaube ich. Und dann war der Rummel aus. Es gab nichts mehr zu sehen. Die Dorfbewohner und die Feriengäste, die auf Abenteuerurlaub in Mecklenburg weilten, strömten vom Friedhof ab, den Kindergarten nahmen sie mit.

Pastor Münch, meine Verwandtschaft, Dilan und ich standen noch ein bißchen da und quatschten herum, als wir plötzlich die Bimmel hörten und die Stimme von Herrn Vielhaber: »Eis! Belegte Brötchen! Bier!«

Doktor Parisius sagte: »Wie wäre es nach den Aufregungen mit einem Frühstück. Ich lade euch ein.«

Manchmal hat der alte Mann so gute Ideen wie ich.

Wir stimmten zu.

Draußen vor dem Friedhof lagen ein paar Findlingssteine, kann sein, die Eiszeit hatte sie vergessen oder die Arbeiter hatten sie vor dreihundert Jahren beim Mauerbau nicht mehr gebrauchen können. Sie waren von der Sonne angenehm durchwärmt und auch nicht viel höher als Camping-Stühle. Wir nahmen Platz. Und weil wir seine letzten Kunden waren, bediente uns der fliegende Händler nicht am Stand, sondern an den Steinen, mit warmen Würstchen und so weiter. Als wir beinahe gesättigt waren, wischte sich Doktor Parisius den Mund und sagte: »Ich hoffe doch sehr, Herr Pastor Münch, Sie verzeihen dem Jungen, daß er seine Sache auf so dramatische Weise an die große Glocke gehängt hat?«

Pastor Münch hatte noch etwas zu kauen und blickte mich schräg von der Seite an, aber er sagte: »Keine Frage, wenn es denn etwas bewirkt hat.«

Doktor Parisius fuhr fort: »Ich habe einen Rechtsanwalt gefunden, der dafür streiten will, daß Dilan in Deutschland bleiben darf und erst einmal ihren Schulabschluß machen kann. Dann werden wir weitersehen.«

Dilan und ich warfen uns beide dem alten Mann an den Hals. Einer küßte ihn von links, der andere von rechts, obwohl er stärker stachelte als meine Oma.

»Aber«, so meinte Doktor Parisius, »die Sache hat einen Pferdefuß. Wir müssen jemanden finden, der für das Mädchen sorgt, solange es zur Schule geht.«

Ich starrte meine Großmutter Parisius an. Sie ist die Reichste in der Familie.

Dann starrte ich meine Großmutter Habenicht an, sie ist die Freundlichste in der Familie.

Gerade wollte ich meine Mutter anstarren, sie ist die Schönste in der Familie, da sprach die große Glatze: »Die Bürgschaft übernehme ich!«

Da flüsterte ich: »Komm, Dilan, Big Woldi kriegt auch einen Kuß.«

Leseprobe

»Das ist Raoul«, sagte Mutter zu Herrn Mehlhose, meinem neuen Klassenlehrer. Ich gab ihm die Hand. Er hielt sie aber nicht lange, weil er sofort nach Mutters Hand griff. Der Mann wird ungefähr so alt wie mein Vater Heiner sein. Er blickte meiner Mutter in die grünen Augen, bis es ausgeklingelt hatte und alle Klassentüren zugeknallt waren. Sie gefiel ihm, das merkte ich.

Damals wuße ich noch nicht, daß Herr Mehlhose ein guter Lehrer ist. Ich war ein bißchen verzweifelt, der Mann kannte meine Fehler. Ich dachte, vielleicht wird er freundlich zu mir sein, weil ich von einer schönen Frau abstamme.

Mutter sagte zum Abschied: »Halt die Ohren steif!« Ich weiß, was das bedeutet. Seit ich in Pälitzhof war, kenne ich die Natur. Das Wild muß die Ohren steifhalten, die Lauscher, wie der Förster sagt, damit ihm kein Geräusch entgeht. Das Wild hat ein gefährliches Leben, es muß ständig auf der Hut sein.

Ich stand vor der Klasse. Zwanzig Jungen und Mädchen musterten mich wie einen Bock aus der Rassekaninchenschau. Sie flüsterten, trotz steifer Lauscher konnte ich nicht verstehen, was. Sie kicherten. Einige stützten den Kopf in die Hände, andere das Kinn auf die Faust. Sie alle starrten von unten her zu mir herauf. Natürlich wunderten sie sich, daß ein so großer Junge wie ich mitten im Schuljahr zur Klasse stieß. Vielleicht dachten sie, ich hätte lange im Krankenhaus gelegen.

Da sagte Herr Mehlhose: »Das ist Raoul Habenicht.«

Die Klasse grölte.

Meiner Mutter gefällt der Name auch nicht. Sie will, daß ich auf Lengefeld umgeschrieben werde, nach ihrem neuen Mann, mit dem ich überhaupt nicht verwandt bin, deshalb lehne ich den Vorschlag ab.

»Was gibt es zu lachen?« rief der Klassenlehrer. »Ich heiße Mehlhose, und niemand wagt, sich über meinen Namen lustig zu machen.«

Herr Mehlhose trug ziemlich verwaschene Jeans und erinnerte mich auch sonst an meinen Vater Heiner, den ich unheimlich mag und den niemand auslacht, weil eine gute Figur mehr Eindruck macht als ein Name.

Herr Mehlhose sagte: »Raoul Habenichts Mutter ist vor einiger Zeit in unsere Stadt übergesiedelt. Raoul muß die Klasse wiederholen, aus ganz bestimmten Gründen. Willst du sie nennen?« Er sah mich auffordernd an.

Ich hielt die Ohren steif. Ich hatte keine Lust zu reden. Ich sagte: »Heute nicht.«

»Na schön«, sprach Herr Mehlhose, »wir sind ja noch für eine Weile zusammen.« Er wies mir einen Platz zu.

Seit diesem Tag sitze ich unter den Kleinen, die ich alle überrage. Es muß ein besonders fipsiger Jahrgang sein.

Nein, ich konnte noch nicht reden, ich wollte meine Klassenkameraden erst kennenlernen. Vielleicht erzähle ich ihnen später einmal, wie meine Eltern und ich an meinen Lebenskerben schnitzten, bis ein tiefer Einschnitt daraus wurde. Einschnitt ist ein komisches Wort, aber es sagt die Wahrheit, denn als ich nicht mehr weiterkonnte und mit meinem Freund nach Pälitzhof floh, tat es so weh wie ein Messerstich. Bekanntlich gab es früher keinen Wandkalender, auf dem man besondere Tage ankreuzen konnte, die Leute mußten ein Kerbe in den Türbalken schnitzen oder in die Keule oder in den Gewehrkolben, wenn sie sich etwas Wichtiges merken wollten. An meine Lebenskerben erinnere ich mich ohne Balkenschnitzerei und ohne Wandkalender.

aus: Helmut Sakowski, *Wie brate ich eine Maus*
160 Seiten, ISBN 3 522 16590 X